85歳、人生劇場

空腹のハムレット

HAMLET

轡田隆史

左右社

空腹のハムレット

85歳、人生劇場

空腹のハムレット　目次

文中の登場人物のほとんどは、多くを教えられた先達だが、敬称略にした。
お許しください。

空腹のハムレット

はかなしとまさしく見つる夢の夜を　驚かで寝る我は人かは

平安中期の歌人、和泉式部

前口上

マスクしてコロナウイルスに抗へば不要不急のものらかがやく　　馬場あき子

コロナ禍で「緊急事態宣言」が発令されていた、まさにその期間のある夜、新宿・歌舞伎町で飲んで大通りの雑踏に出たとたん、いきなりつんのめって、地面で顔を打った。

八十五歳になって「酔眼耄碌翁」と自称しているぼくは、一瞬、自分がどうなったのかわからなくなった。二、三人の若い女性たちが、「だいじょうぶですか？」「立てますか？」と心配して声をかけてくれた。

「だいじょうぶです。ありがとう、ありがとう」とひたすら恐縮しながら、相棒に助けられながら立ち上がった。

サングラスに手をやったら、金属製の柄がひしゃげていて、鼻ににぶい痛みが走った。鼻がふくれあがっているのが見えた。血のにじんだ手のひらで鼻にさわったとたんに、自分のなかで異常なことが進行しているのに気がついて驚いた。

車の響きが消えて、かすかにチャリンチャリンと鈴の音がきこえたのである。それは戦後間もない少年時代に、夏になると自転車でやって来る、あのアイス・キャンディー屋の鈴の音だった。

その鈴の音とともに、学校のグラウンドのサッカーの試合が、鮮明に脳裏に浮かびあがったのである。

相手のフルバックが蹴ろうとしていたボールを奪おうとして、足元に飛びこんだ瞬間、ボールが鼻を直撃した。あおむけにひっくりかえったぼくが鼻に手をやると、急激にふくれあがって、自分で自分の鼻が見えるほどになった。

先生であるナイトパンや仲間が駆けよってのぞきこんだときに、キャンディー屋が鈴を鳴らしてやってきたのである。

先生がそれを一本買って、鼻にあてがってくれた。とっさの応急処置だ。ひんやりと冷たい記憶とともに、教室の窓から呼びかける先生のもうひとつの声がよみがえった。

「おーい、タカフミー、秋にはハムレットをやろう！」

ずいぶんといろいろなことが脳裏に去来したのは、つんのめって、ヨロヨロと立ち上がった、ほんのわずかの時間のうちのことだったのか。あるいは、すぐにタクシーを拾って帰途についた車中でのことだったのか、ぼうとしてわからない。

大きくふくらんだ鼻はズキンズキンと脈打ち、醜態をさらした屈辱感にさいなまれた。が、やがて、笑いがこみあげてきたのである。

七十年も昔の、思い出すこともなくなっていたあれこれが、転んで鼻を打ったせいで、まるでいましがたのことのようによみがえったのが不思議であり、滑稽でもあったからである。

その夜からあと、鼻のふくらみがすっかり消えても、キャンディー屋の鈴の音と、「秋にはハムレットをやろう！」という先生の声だけは遠く聞こえつづけているのである。

ところで、「緊急事態宣言」下に、東京都知事などが名指しして目のカタキにしていた歌舞伎町で飲んでいたのだから、ひとこと言い訳しておこうか。

新型コロナウイルスが蔓延して、首相や東京都知事は、「不要不急」の外出は自粛せよ、と脅迫まじりにくり返す。いとも気楽な調子にきこえて不愉快だった。

そんなとき、最も尊敬している歌人、馬場あき子が、『短歌研究』（二〇二〇年五月号）に発表した「マスクしてコロナウイルスに抗へば不要不急のものらかがやく」という作品に出会って感銘を受けた。歴史的作品だと考えて、この「前口上」の冒頭に掲げたのである。

政治家たちは気安く「不要不急」と喚《わめ》きつづけるが、わたしたちの日常の幸せや楽しさのほとんどは「不要不急のものら」に宿っているのだ。

友人とお茶を飲みに行ったり、映画や音楽会に行ったり、道端でおしゃべりしたり……。

あの戦争中には、映画や音楽会や芝居などが禁じられた。あれとそっくりではないか。

為政者たちの言葉には、人間の暮らしの、そのような本質に思い及ぶところなし。彼らの粗雑な発言には「ソシアル・ディスタンス」を置く冷静さを、大歌人の短歌によって教えられた。

と、同時に高齢者が感染すると重症化するといわれ、そうなれば「酔眼耄碌翁」のぼくは周辺の多くの人びとに迷惑をかける。そう懸念して、外出するかしないか、しばし迷ったけれど、映像作家の永井隆明に急いで渡したい資料があった。

戦後すぐ、アメリカ政府は、日本の国語から漢字を追放してローマ字化しようという考えを強めていた。あんなややこしい文字を用いているから、考えが浅くなり、愚かな戦争を起こしたのだし、民主化だっておぼつかない、と考えたのである。

ほとんどその寸前にまでなったとき、じつは日本国民の識字率は、アメリカなんかよりはるかに高いことを知って、ビックリした占領軍は漢字追放を思い止まった。

永井は、日本国民が知らなかったか、ほとんど忘れているこの歴史を、ぼくからきいて、もっと詳しく知りたいというので、手持ちの書物をお貸しすることになった。

そこでわれわれの行きつけの居酒屋「三日月」で落ち合うことにした。歌舞伎町の奥にある老舗である。もともとわれわれには喫茶店で会うなどという習慣はない。会うのはいつも居酒屋である。

夫婦と息子の三人でやっている、十数人がやっとの上品な店で、客は常連ばかり。感染の恐れはまずなかろう、と考えた。その夜は息子さんひとりだけで、客はぼくら二人のみだった。「お上」の命じる通り七時閉店で、店を出た。コップ酒三杯だから、まずまずの酔いだ。

歌舞伎町の通りは閑散としていたが、大通りに出たとたん雑踏に巻きこまれた。つんのめって顔を打ったのは滑稽としかいいようがないが、さらにいうなら、老ジャーナリストではあるけれど「緊急事態宣言」下の歌舞伎町がどんな具合であったか見ておきたいという気分もあったのだ。

いささか乱暴にいうなら、あのベトナム戦争の末期にベトナムに従軍記者として行ったとき、二度死に直面したのと、ちょっと似ているかも知れない。

翌朝の朝食で、いつものように熱い紅茶をすすったら、湯気が鼻の頭にしみた。

そうだ！　あのとき、鼻にあてがわれたアイスキャンディーはイチゴだった！

ナイトパン先生の「秋にはハムレットをやろう！」という呼びかけがいきいきとこだましつづけていた。

こうして、想いは学校の丘のすぐ下に広がる沼や『ハムレット』やサッカーへと返っていったのである。

第一幕

風渡る沼の神

はじめに言葉あり、言葉は神とともにあり、言葉は神なりき。
（ヨハネ伝福音書）

第一場　「隠沼」

はじめに言葉があり、言葉は神とともにあった、というけれど、わが神は、沼の神であった。

古い言葉を借りていうなら、草木に隠れている「隠沼」と呼ぶにふさわしい風情の、別所沼という名前の沼の神であった。

サッカーの練習が終わって、沼を見下ろす丘の上の、防空壕の跡も残る櫟《くぬぎ》林にしゃがんで、樹液に群がる蝶たちを見つめていたら、図工室の窓が乾いた音をたててあくと、先生の声が響いた。

「おーい、タカフミー、秋の学芸会にはハムレットをやろう！」

その言葉によって、「タカフミ少年」の、いささか怪しい「ハムレット人生」が幕を開けたのである。昭和二十四（一九四九）年の話である。

「隠沼」という言葉が好きだ。こもりぬ、と読む。万葉集にも出てくる古い言葉だ。岩波の古語辞典によれば、草などに隠れてよく見えない沼のこと。

たとえば万葉集巻十四には、こうある。

　　あぢのすむ須沙の入江の隠沼のあな息づかし見ず久にして

「あぢ」は、葦の茂みをすみかにしている鴨のこと。「あぢかも」のいる須沙の入江にある隠沼のように、ため息がもれる。あなたに久しく逢わないので（武田祐吉『増訂萬葉集全註釋』十など）。

想う人にながらく会えない寂しい気分を、「隠沼」の雰囲気にたとえたのだろう。

このように「隠沼」とは歴史ある、由緒正しい言葉である。

その沼は、七十年も昔の、ぼくの少年時代の記憶に彩られた沼である。

沼はいまも実在する。しかし沼は立派な公園になっているため、たとえ濃霧に包まれても、霧の奥から、どんな亡霊だろうと出現する気配は求めようもない。ハムレットに復讐を命じる亡霊が、濃霧をまとって立ち現れるのは、「隠沼」でなければだめなのである。

それがどんな沼であったかを説明するのは難しいけれど、唐突の飛躍を許していただけるならば、ロンドンの大英博物館である。

この古都に旅したら、だれもが訪れるはずの博物館の広大な一室に、縦二六センチ、横三七センチの水彩とグワッシュによる小さな風景画が、それこそ「隠沼」のように展示してある。だが気がつく人は、あまりいないかも知れない。ドイツ・ルネッサンスを代表する大画家、アルブレヒト・デューラー（一四七一～一五二八）の作品で、「森の中の池」という題である。ぼくにいわせれば、どう見たって池ではなく沼なのだけれど。

真ん中に縹《はなだ》色、つまり薄い藍色の沼があって、水際には丈の短い草がしょぼしょぼと生えている。沼の左側には途中で折れたような樹木が七、八本立っている。右側には濃緑色の葉を繁らせた直立の松の木が、森を成している。空が大きく広がっていて、薄墨色の雲が浮かんでいる。全体に淡い朽葉色に染まっているから夕景なのだろう。

薄墨色の衣のすそをなびかせた西行やら芭蕉などを佇ませたら似合いそうな、荒涼とした寂しい風景である。

そこが、なぜ霧をまとった亡霊が出現するにふさわしいのか、しかも、ほかの紹介の仕方もあるだろうに、なぜ、わざわざドイツ中世の画家の作品を拝借したりするのか？

それにはそれなりの歴史と理由があるからだ。

東京駅から京浜東北線で四十分ほどで浦和駅に着く。西口から二十分も歩いて坂を下るとさいたま市立「別所沼公園」である。それこそが、ドイツ中世の画家デューラーが描くところの「森の中の池」そっくりであった「隠沼」のいまなのである。

さて、令和二（二〇二〇）年の早春のある日、ぼくたち夫婦は、桜の咲きぐあいを確かめるという口実をつけて、わが家から徒歩三十分ほどの「別所沼」の散策に出かけたのである。そんなちっぽけな日常的な行為にわざわざ年号を付けたのは、世界史的な大事件「新型コロナウイルス」の蔓延の最中の、ある日であったからである。

穏やかな早春の風が、銀色に輝く水面を渡っていた。沼を囲む遊歩道は、空高く聳える落葉針葉樹メタセコイアの並木の間に通じている。

何組もの老夫婦が、ゆっくりとした足取りで沼を巡っている。それを縫うようにして、赤や黄色の原色のウインド・ブレーカーをはおった若い男女たちが、軽やかにジョギングしている。外国人の姿も混じる。

沼の西側の芝生の広場に入って行くと、子どもの姿の多いことにちょっと驚いた。サッカーボールを蹴っているのもいれば、ボードに乗って走り回っているのもいる。地面にマットを広げて、ヨガやら柔軟体操のようなしぐさをつづけている子もいる。

ぼくはその光景に見とれながら、十六世紀フランドルの大画家ブリューゲル（一五二五ごろ～一五六九）の『子供の遊戯』という題の、一一八センチに一六一センチの大作があることを思い出していた。

浩瀚な書物、『ブリューゲルの「子供の遊戯」』によれば、約二百五十人の子どもによる九十一種類の遊びが描かれているそうである。馬跳び、馬乗り、コマ回し、竹馬、ブランコ、お店屋さんごっこなど、まことに多彩である。

十六世紀フランドルのそれに比べると、別所沼公園のわが子どもたちの遊びは、かなり種類が少なく、単調である。目分量で数えても、せいぜいが十種類ぐらいだろう。

では昔もそうだったのかといえば、もっと豊富だったらしい。明治三十四（一九〇一）年刊行の『日本児童遊戯集』の東京の項を開くと、百八十種類近くの遊びが解説付きで列挙されている。「鬼ごっこ」「隠れん坊」「おはじき」「縄飛び」なんかはぼくたちもやったが、あとはどんな遊びなのか見当もつかない。

それがいまや、やっと十種類である。まあそれは日本社会の現実だから仕方がないとして、こんなにも大勢の子どもが「別所沼」に群がっているのは、世界を覆う「新型コロナウイルス」のせいである。

春休みになる前に、唐突に学校を閉ざされた子どもたちは行き場がなく、公園に群れをなしている。無為無策の大人たちのいわば犠牲者であるはずなのだけれど、子どもたちは何の屈託もなく、ただ遊びに夢中の様子である。

「新型コロナウイルス」の蔓延は、泥縄の縄もなえない世界各国の政権の醜態をあからさまにしたが、さまざまな現象のなかでも興味深かったのは、ノーベル文学賞のフランスの作家アルベール・カミュの傑作『ペスト』がにわかに注目を集めて売り切れになり、増刷となったことである。

一九四＊年、アルジェリアの町オランが恐るべき死病ペストに襲われたという設定で展開する作品である。『ペスト』の売り切れ騒ぎは、小説の内容に「新型コロナウイルス」を重ね合わせたからだろう。

カミュは『ペスト』の末尾で、次のように警告しているのである。

ペストの恐怖が去って、市民たちが喜び叫んでいるのに耳を傾けながら、先頭に立って闘いつづけた医師リウーは思う。

書物を開けばわかることなのに、市民たちは知らない。ペストは決して死滅せず、生活の場のあちこちに潜んで、やがてまた鼠を動かして不幸をもたらすことを。

これぞ、意味も希望も見いだせない人生の不条理である、とカミュは考える。「ペスト」という人間の生存を脅かす「不条理」と闘う人間の、葛藤と矛盾と崇高さを描いた作品と、わが国のトイレットペーパー買い占め騒ぎという組み合わせもまた「不条理」の感ありであった。

老夫婦のつれづれなるままの散策にも「不条理」の影がつきまとってくるのを感じながら、八十五歳のぼくは、沼の西側の広場で遊ぶ子どもたちの姿の奥に、「デューラーの隠沼」で独り遊ぶ、七十年昔の坊主あたまの少年の姿の幻を見ていた。

第二場　詩人の魂

「新型コロナウイルス」休校で、学校から締め出された子どもたちでにぎわう沼の西側の広場の一角に、「ヒアシンスハウス」という名前の、小さな小屋がある。たまたまその日は閉ざされていたが、周りの芝生では、若い女性がフルートの練習に励んでいた。

大正三（一九一四）年に東京で生まれ、昭和十四（一九三九）年に二十四歳で没した、建築家にして詩人であった立原道造は、生前この場所に小屋を建てて暮らしたいという夢を温めていた。

「風信子荘（ヒアシンスハウス）」の設計図も残されていた。五坪ほどの木造住宅で、画家、須田剋太の隣が予定地であった。

いま沼の近くに住む作家、北原立木は『埼玉文芸風土記』で、「別所沼文化」とヒアシンスハウスについて彩り豊かに描いている。

立原道造のはるか後輩の建築家、永峰富一が中心になって立原の夢を実現することになった。市民はもちろん全国に呼びかけると反応があって、平成十六（二〇〇四）年十一月、実現したのである。

水・土・日・祝日には小屋は開かれて、心地よい沼風にあたりながらガイドの説明に耳を傾け、「夢まつり」の催しでは詩の朗読も楽しめる「別所沼文化」の中心となっているのである。

夢はいつもかへつて行った　山の麓のさびしい村に
水引草に風が立ち
草ひばりのうたひやまない
しづまりかへつた午さがりの林道を

うららかに青い空には陽がてり　火山は眠つてゐた

——そして私は
見て来たものを　島々を　波を　岬を　日光月光を
だれもきいてゐないと知りながら　語りつづけた……

夢は　そのさきには　もうゆかない
なにもかも　忘れ果てようとおもひ
忘れつくしたことさへ　忘れてしまつたときには

夢は真冬の追憶のうちに凍るであらう
そして　それは戸をあけて　寂寥のなかに
星くづにてらされた道を過ぎ去るであらう

道造の作品「のちのおもひに」である。

昭和のはじめに夭折した詩人の作品を、ここに引用したわけは、ぼくはこの詩の一行目の「夢のかへつて行く」先を、「山の麓のさびしい村」ではなくて、「丘の麓のさびしい沼」に置き換えて、こころの奥でつぶやいてきたからなのである。

なぜそんな恣意的な焼き直しをするのかといえば、ひとつにはいたって個人的なちっぽけな付合だけれど、この詩が世に出た昭和十一（一九三六）年にぼくは生まれた。

だから、許してね、という、親近感ゆえの甘えである。詩の発散している想いが、ぼくの想いにそっくりであることももちろんなのだが。

ヒアシンスハウスの前に立って東を望めば、メタセコイアの並木とジョギングの人たちの行き交う道のすぐ向こうに沼が広がり、対岸のメタセコイア並木の背後は丘になっていて、そこにわが母校、埼玉大学附属中学の建物がのぞいている。

まさに別所沼は「丘の麓のさびしい沼」というにふさわしい位置にある。地の精霊も、詩に宿る言霊もまた、詩人とぼくのつながりを祝福してくれているのだと、妄想をたくましくするにふさわしい配置なのである。

昭和26（1951）年の別所沼

別所沼の沼神や地霊に招かれたように、立原道造は埼玉県の浦和市（現・さいたま市）にある小さな沼、別所沼のほとりに小屋を建てて暮らしてみたいという夢を抱いていた。

その別所沼こそ、ぼくたち埼玉大学附属中学の悪童にとって、絶好の遊び場所だったのである。そして、沼に立ちこめる霧の奥から、シェイクスピアの『ハムレット』の、あの亡霊が出現するのである。

第三場　地霊まします土地

太平洋戦争の敗北から間もない昭和二十四（一九四九）年の夏のある日、サッカーの練習を終えたぼくは、校庭のすみにただひとり残って、防空壕跡の土盛りの上にそびえる、裸の木の根かたにしゃがみこんでいた。

樹液に群がるアゲハチョウやキマダラヒカゲの姿をながめていたのである。蝶たちはぼくの呼吸にあわせるかのように、羽を開いたり閉じたりしていた。

そのとき、図工室の窓のガラス戸が乾いた音をたてて開き、弾んだ声が響いた。

「おーい、タカフミー、秋の学芸会にはハムレットをやろう！」

二年生のぼくたちの担任であり、画家として美術班の指導者であり、サッカー部の部長でもあるナイトパンの「ハムレットをやろう！」というその声で、ぼくの少年時代ははじまった。まさに、はじめに言葉があったのである。

内藤定昭先生だから、あだ名は「ナイトパン」だったり「テイショー」だったりするのであった。

ハッとして顔を上げると、櫟《くぬぎ》林の木々の間に、薄墨色の別所沼がのぞいていた。沼風が渡っているのだろうか。沼の神の顕現を告げるかのように水面をさざなみが走った。

『ハムレット』をやろう！というのは、秋の学芸会で、世界古典文学の傑作、シェイクスピアの『ハムレット』を演じようという大胆な提言であった。

別所沼は、丘からの湧き水と雨水を水源として、江戸時代から水田の灌漑に用いられてきた。面積は約二ヘクタールほど。縦はやや長いが、横幅は平たい小石を水面に平行に投げる、いわゆる「水切り遊び」をすれば、わけなく向こう岸に到達するほどしかない。

沼の東側の丘の上に昔もいまも埼玉大学附属中学校はある。いまは丘の斜面から森はまったく消えて、しゃれた民家が建ち並んでいるけれど、かつては櫟林を駆け降りれば、そこはもう葦の生い茂る沼であった。

ＪＲ京浜東北線は、横浜、東京などとさいたま市を一直線につなぐ大動脈である。

かつては浦和・与野・大宮・岩槻の四市に分かれていたのが、平成の合併によって「さいたま市」となった。

「おーい、ハムレットをやろう！」ということばによって幕開くこの物語の主たる舞台は、そのなかの「浦和」である。

時代は太平洋戦争の敗北から間もない、昭和の二十年代のはじめのころ。ぼくは中学二年生だった。


いまやとうに八十歳を超えて、「酔眼耄碌翁」と自称しているぼくが浦和について説明をはじめているわけだが、浦和の町のおおよその構造は昔とあまりかわっていない。

シェイクスピアの悲劇『マクベス』は、三人の魔女が「きれいは汚い。汚いはきれい」と怪しげなことばを吐くところから幕を開くけれど、ぼくはここでは、「古いは新しい。新しいは古い」とつぶやきながら、浦和について語りはじめたい気分でいるのだ。

京浜東北線の浦和駅西口を出て、真っ直ぐ西に向かうと中山道との交差点である。浦和は旧・中山道の宿場町だった。江戸日本橋から板橋へ出て、上野《こうずけ》・信濃・美濃などを経て草津で東海道に合流して京都に至る中山道は、旧五街道のひとつだった。

駅を出て、その中山道を左折すれば、五〇〇メートルほどで欅の巨木が生い茂る調《つきのみや》神社である。平安中期の法典「延喜式」に基づく神城として、「月待信仰」の中心となったため、入り口には狛犬ではなく兎像が安置されているのが大いに愉快である。兎は月宮殿におわす月天使の使い姫であるという。

　しかも神社なのに鳥居がない。古代、伊勢神宮に納める調物を収納する倉庫があったため、鳥居があると荷物の出し入れに不便であることからそうなったと伝えられている。

　それとは反対に交差点を右折して中山道を北にしばらくすすむと、大欅のそびえる古刹、玉蔵院である。平安時代創建と伝えられるが、たびたび災禍にあったため、現在の伽藍は元禄期以降のものである。

　春、しだれ桜が、ぼってりと重そうな花のふさで、古色に満ちた堂宇を荘厳《しょうごん》する。

　このように中山道の南と北に古色に満ちた神社と寺院があり、その間を結ぶ街道筋にはかつての宿場町「浦和宿」そのままに商店が軒をつらねて、その旧街道を囲むように閑静な住宅街が開けている。

駅周辺にはマンションが林立するようになったが、浦和の町の構造のおおよそは、明治・大正・昭和・平成、そして令和の五代に渡って、ほとんど変化なく推移してきたといっていい。

地形でいえば浦和は丘の集合体であり、必然的に坂の多い土地ということになる。およそ一万年前、気候の温暖化による氷河の溶解によって海水面が上昇して、東京湾が奥深く入りこんだ、いわゆる「縄文海進」によってこの土地のかなりが入り江になった。

だから、丘のあちこちには古代の住居跡や貝塚が散っている。たとえば調神社の南西方向にある市立白幡中学は丘の崖の上にあって、敷地一帯は縄文時代の住居跡なのである。子どもたちは、校庭で露出した縄文土器につまずいたりする。

神社と古刹に守られて、丘と坂の起伏に富み、縄文、弥生の遺跡が散在する土地は、地霊がひそんでいるにふさわしい大地といえるとぼくは信じている。

昭和27（1952）年の浦和駅前

明晰で知的な作家、大岡昇平が、名作『武蔵野夫人』の冒頭で、作品の舞台の武蔵野の地勢について詳細に述べている。大岡は欅の大木について、武蔵野の原生林の名残と語っているが、わが浦和を代表する樹木も欅なのである。

調神社、玉蔵院、そしてJR北浦和駅西口には、長さ一七キロに及ぶ日本一長い欅並木もある。

『武蔵野夫人』のむこうを張った、幼い郷土自慢みたいで笑われるだろうが、別所沼や白幡沼を擁する起伏に富んだ地勢を語るのは、『ハムレット』にとって、ひとつの必然なのである。

小説には「恋ケ窪」などという、内容にピッタリの地名も登場するが、わが方は、鰻の蒲焼があるのである！　縄文時代の入り江がやがて沼になったせいで鰻の産地になり、江戸時代からつづく鰻屋が何軒もある。浦和の町のマスコットは「浦和うなこちゃん」なのである。

作家、太宰治たち在京の文士たちも、鰻を食いに浦和をしばしば訪れた。

昭和26（1951）年、浦和駅前の広告塔

もちろん、すぐ北の大宮には、真っ直ぐに長さ二キロに及ぶ、日本最長の雄大な参道を擁する、武蔵国一の宮である氷川神社が鎮座している。だから、浦和・大宮一帯は「地霊のまします国」であるにちがいない。

ここでちょっとことわっておきたいのは、太平洋戦争の最中からぼくの住まいは、浦和と大宮にはさまれた与野という町なのだが、小・中・高校とも浦和だったので、浦和の人間のようにして語っている。読者にとってはどうでもいいようなことかも知れないけれど、黙っていたのでは、室町時代にもさかのぼる与野という名前の、土地の地霊に叱られるに違いない。

中山道の宿場町は明治期に入るとすぐに変貌してゆく。明治十八（一八八五）年には上野～熊谷に蒸気機関車が走り、浦和、上尾などの駅が誕生している。そして大正十二（一九二三）年九月一日の関東大震災で東京が壊滅状態になると、中央に至近でしかも被害の比較的少なかった浦和が注目され、霞が関官僚たちの住宅地として積極的に活用されるようになった。

　そして昭和七（一九三二）年には国有鉄道赤羽～大宮間が電化されて、いわゆる省線電車が浦和にも止まるようになっていた。

　商業は大宮が引き受けたかっこうで、浦和は埼玉県庁、埼玉地方裁判所、旧制浦和高校、男女の埼玉師範学校、旧制浦和中学、埼玉県立浦和高等女学校などを中心に住宅街が広がっていった。

　旧制の男女の師範学校と旧制浦和高校は戦後の学制改革で埼玉大学となった。旧制の浦和中学も浦和高等女学校も新制、高校となって今日に至るけれど、ちなみにいえば今日でも両高校とも男女共学ではない。

　あどけないお国自慢をもうひとついうならば、不動産業者などが浦和を「埼玉の田園調布」などと称しているけれど、あの関東大震災のあと開発が進んだという点では似ているが、こちらは田園調布などより一足早く「文教の町」として広く知られていた。

「鎌倉文士に浦和画家」といううたい文句もあるが、実際には浦和には文士も画家も多いのである。

そういう浦和にこころひかれて、沼のほとりで暮らしてみたいという夢を描いた詩人がいたことはすでに述べた。

はじめに言葉があった、などと『ヨハネ伝福音書』の冒頭のように語りはじめたが、イタリアの記号学者ウンベルト・エーコの小説『薔薇の名前』（河島英昭訳）の冒頭も、「初めに言葉があった。言葉は神とともにあり、言葉は神であった。」という文ではじまる。

ただし、ぼくの「神」は「沼の神」で、静かな住宅街の小道をたどれば、薔薇の花あふれる与野公園があり、家々の庭からは、クチナシやジンチョウゲの花の、甘いそこはかとない香りが流れてくるのである。

第四場　ちんぼこたろう

いまでこそ、落葉針葉樹メタセコイアの並木が威容を誇って、さいたま市立別所沼公園と名乗っているのだけれど、かつては櫟林の丘にかこまれて葦の生い茂る、「隠沼」そのもののような風情だった。

学校の裏山から見下ろすと、丘からの湧き水と雨水をたたえた沼は、いつも薄墨色に静まりかえっていた。まわりには、山中の踏み跡のような道が危なっかしげに通じているだけだった。腐った杭がぽつぽつと立っていて、小さなエビがしがみついていたりした。

職業家庭科の授業で、いつも作業服でゲートルを巻いているクラモチ先生が、何でもいいから保存食を作ってみる、という夏休みの宿題をだした。

とかく「目立ちたがり屋」であったぼくは、級友たちは乾燥イモなんかを作ってくるだろうと踏んで、絶対だれにも思いつかないものをやろうと思い定めた。

まだ貧しかった食生活のあれこれを思い浮かべて、そうだ沼のエビだ！　あれで乾燥エビを作ろう。そう考えたけれど、手の小指ほどしかなく、しかも半透明なのをどうやって捕ったらいいのか？

戦後まだ間もないころだったから、魚捕りの網も捕虫網もありはしない。仕方ないからボロになった下着のパンツを縫い合わせ、針金につけて網のようなものをこしらえた。そして、一人密かに沼に下りて、杭にしがみついているエビをねらったが、テキもさるもの、スイスイと逃げてしまう。

何時間かねばって、ついに一尾をものにした。意気揚々と帰宅して、日向で干したら、指ほどだったのが見る影もなく縮んでしまった。ビンに詰めて提出したら、クラモチ先生はしばし見つめて、「ウーム」となってから、ニッコリ笑ってこうおっしゃったのである。

「面白い。よくやった。努力賞だぞ！」

ここにも、「はじめに言葉があった」のである。叱られたことはすぐに忘れてしまうのに、褒められたことは忘れない。八十五歳になったいまだって鮮明に記憶している。

まさに、「はじめに言葉があった。言葉は沼の神とエビとともにあった」のである。

ところで立原道造が別所沼のほとりで暮らしてみたい、という夢を抱いたのはいつごろのことだったのかしら。

大正三（一九一四）年七月、東京・日本橋に生まれた道造は、小学校、中学校ともに秀才で、十三歳のとき短歌を発表、本郷の第一高等学校理科甲類に入学すると一躍「一高文壇」の寵児となった。このころ室生犀星、堀辰雄を知って師事するようになった。

やがて天文学の志望をかえて東京帝国大学工学部建築学科に入学した。一年下にはのちに東京都庁の設計などで知られることになる丹下健三がいた。

昭和十二（一九三七）年、卒業設計「浅間山麓に位する芸術家コロニィの建築群」によって三年連続で「辰野金吾賞」を受け、「別荘をつくらせれば日本一」と折り紙をつけられた。

道造が、別所沼のほとりに、週末を過ごす別荘「ヒアシンスハウス（風信子荘）」を構想したのは二十三歳のそのころであった。

立原道造が「ヒアシンスハウス」の夢を描いていた昭和十二、三年のころの別所沼のたたずまいは、昭和二十三、四年ごろに、ぼくら悪童どもが遊んでいたころと、あまり違いはなかったはずである。

附属中学の裏門に入る路地の角に、日本浪漫派の詩人、神保光太郎の家があった。立原道造の仲間のひとりであった。

冬の朝、ぼくらが白い息を吐きながら登校してゆくと、綿をつめた防寒用の和服であるドテラにくるまって、玄関先に立っていたりした。校歌の作詞者と知っていたから、みんなはきちんと挨拶して通り過ぎたものだ。ただしぼくはいささかうしろめたい気持ちで顔を伏せていた。

ある日、校舎からは独立した木造の立派な音楽教室で「ドミソ」をやっていた。

ムラタ先生のピアノに合わせて、折から変声期であったぼくは声をはりあげていたが、眼は、壁に張り出してあったできたての校歌の歌詞に遊んでいた。

昭和26（1951）年、別所沼のほとりの女学生たち

「作詞神保光太郎」のところを、くりかえし読んだ。そのうちに、なぜかぼくの脳裏で「じんぼこうたろう」が「ちんぼこたろう」に変化しちまったのだ！

まことに申し訳ないことだけれど、ぼくは隣のダンゴ（級友たちはみんな、ぼくが命名したあだ名で呼びあっていた。彼は鼻が丸いのでダンゴ）にささやいた。

ダンゴは隣の、足の裏が偏平らしいために「ペタ」と「命名」されていたタナカに伝えた。こうして「ちんぼこたろう」は、すぐに教室に広がって、爆笑になってしまった。

ピアノで「ドミソ」をやっていたムラタ先生は、突然の爆笑に驚いて仁王立ちになるとぼくのところに走ってきて、「タカフミ、お前また何かやったな！」と叫んで、頭をコチンとたたいた。なぜか、すぐにぼくの仕業だとばれるのであった。

「咲き匂う武蔵の沃野／明け初めし日本の未来／共に背負いて／鳳の羽音高らか／歩みは雄々し埼玉大学／われらわれら附属中学」と、いかにも校歌らしい歌詞だった。

その荘重な言葉を紡いだのが「ちんぼこたろう」だと思うと、少年タカフミは笑いをこらえて息がつまりそうになった。

しかも、ドミソ先主は、校歌が制定され発表会の合唱団の一員にぼくも選んでくれたのであるから、これもまことに申し訳ないことであった。

この詩人は浦和を埼玉をこよなく愛していた。

ひとは素朴にて　埴輪のほほえみ
少女は可憐にして　桜草のおもざし
埼玉　咲き匂う美わしの土地
（中略）
日本の心臓東京砂漠を救うオアシス
あられもない中央文化への第一の批判者

とまで詠んでいた詩人にまことに申し訳ないことだった。昨今は歌われなくなった、

「仰げば尊し、わが師の恩」は、ぼくにとって実感こもる歌なのである。

七十年たったいまだって、酔余、「あおげば、とうとし、わがしのおん……」と口ずさむたびに、ナイトパン、ドミソ先生、ちんぼこたろうなど、恩師やドテラを着た詩人の姿が脳裏に浮かんでくるのである。

第二幕

ハムレットの方へ

深夜、城の高台で

組頭バーナード「何者ぢや？」

（『ハムレット』第一幕第一場）

第一場　空襲の夜

ここに一冊の手作りの小冊子がある。表紙には「埼玉大学附属中学校　第3回（B組）卒業生古希のお祝い記念文集　平成17年7月吉日」と記されている。

平成十七年、つまり二〇〇五年の七月に完成した、わが級友ツチアイの労作である。ツチアイとは当時の浦和の郊外であった土合から通っていたからつけたアダ名であった。もちろん、ぼくの命名である。

表紙の下半分は絵である。五本の折れた樹木と、緑濃い林の間に沼があって、しょぼしょぼと草が生えている。空には雲がたなびいている。右下に「幻想別所沼」という小さな文字が読める。

これぞ、前に「隠沼」のところで述べた、デューラーによる「森の中の池」を、不肖ながらぼくが画集から模写したものだ。

そして中を開けば、ナイトパンあるいはテイショーこと内藤定昭先生の経歴や絵画作品の写真にはじまって、級友たち二十一人ほどの寄稿が掲載されている。

定昭、つまりテイショーは昭和二十三（一九四八）年三月、東京高等師範学校芸術科を卒業して四月に附属中学の教諭になった。いきなりぼくたちの担任になったのである。

ぼくが命名したテイショー、ナイトパンは、すぐにクラス公認の呼び名になった。さすがに「テイショー」と呼び捨てにはせず「テイショー先生」とか「テイショーさん」と敬称をつけていた。ご本人も納得であった。

そして、テイショーは、担任であり、図工の教師であり、美術班とサッカー部の部長であった。

食い物や衣料は、まだ大いに不足していたが、時代は若く、ぼくたちも若かった。怖いものはなかった。

食い物といえば、こんな事件があった。ある日、図工室に入ってみたら、テーブルの上にリンゴが五、六個並べてあった。

ハハーン、静物画をやっているんだな、と察したぼくは知恵を働かせた。みんなが描いているのとは反対側、つまりリンゴの裏側だけをかじればバレないだろう！　ガブリ、とやった。盗み食いはうまいものと昔から知られている。うまかった。リンゴもまだ貴重品だったのである。これならバレなかろうと、口をぬぐって部屋を出た。

しばらくたって、そっとのぞきに行った。

ほかの学級の連中が熱心にリンゴを描いていたので安心した。かじった部分は裏側になっているから、描くのにさしつかえはない！

ところが翌日の午後、またもやのぞきに行くと、テイショーにつかまった。「こらタカフミ、犯人はお前だな！」

リンゴは、ぼくがかじった部分から、前の方まで茶色の傷みが広がっていた。頭のテッペンにゴツンとひとつくらったあとは、ナイフで切って、師弟いっしょにリンゴを賞味したのだった。

サッカーの練習を終えたあと、櫟の木の樹液にあつまった蝶を独りで見つめていたとき、声をかけてきたのはテイショーであった。「タカフミー、ハムレットをやろう！」

　校舎は古風な瓦屋根の木造平屋建てであったけれど、図工室だけは音楽室と同じように独立していた。しかも土台のコンクリート壁はかなり高く作られていた。床下に工作用の粘土などを貯蔵しておくためだった。

　いちだんと高い図工室の窓から、テイショーは身を乗り出して叫んでいるのだった。

「ハムレットだって？」

　ぼくは一瞬、何のことだろうか、と思ったけれど、すぐに、そうだ、イギリスのシェイクスピアという偉い作家に『ハムレット』という名前の作品がある、あれのことかしら、と理解した。新聞記者であった父の書架に、黒い表紙で『ハムレット』と書かれている書物があるのを思い出したからである。

　そのころは「家庭訪問」という制度があった。担任の教師が児童の家庭を訪問して、どんな家庭環境にあるのかを理解し、保護者とその子どもについて、いろいろ話し合う機会を持つためのものであった。

テイショーはそのとき、タカフミのところには蔵書がかなりあって、その中に『ハムレット』があるのに気がついたのだろう。きっとそうに違いないぞ。
と少年が納得したところへ、テイショーはさらに、「お父さんの書棚に『ハムレット』という本があるはずだ。それをお借りしたいのだけれど、すまないが頼んでくれないか」と言葉をつないだ。

もちろん父はこころよく承知してくれた。「なかなかの先生じゃないか、シェイクスピアを読もうなんて」といささかうれしそうな口ぶりであった。

新聞記者であった父は、ぼくの生まれた昭和十一（一九三六）年だけをとっても、なかなかの活躍を示していた。

まず、一部の陸軍将校に率いられ将兵が二月二十六日にクーデターを起こして首相官邸などを襲撃して内大臣、大蔵大臣などを殺害した、いわゆる「二・二六事件」を第一線で取材し、秋にはヒトラー総統のベルリンオリンピックに特派員としてかかわった。

その翌年に始まった日中戦争に従軍し、太平洋戦争になるとフィリピンの首都マニラ入城に従軍して、戦況が悪化する前に帰国していた。

東京の蒲田で暮らしていたが、本土空襲が激しくなる前に、京浜東北線「北浦和駅」西口の土地に「疎開」していた。当時でも東京から一時間ほどのところだったから、疎開というよりは当たり前の引っ越しであった。

木造平屋建てで三部屋しかない粗末な家だったけれど、父の机の横には、『漱石全集』や歌人・斎藤茂吉の歌集、評論や画集が並んでいた。『ハムレット』もそこにあった。斎藤茂吉の『柿本人麿』などの箱はかなり痛んでいた。戦争中、狭い庭に防空壕を二つ掘った。そのひとつに屋根をつけたところで資材は無くなり、もうひとつはただの穴で、こちらが人間用の防空壕だった。

屋根つきの方は大切にしている書物用であった。ぼくたちは空襲警報が鳴ると、穴に跳びこんで膝を抱いて座る。

はるか上空を「敵機」の大型爆撃機の編隊が、銀翼を輝かせて、悠々と飛んで行くのを見上げていた。

昭和20（1945）年8月15日、東京・新宿上空を低空で飛ぶB29

高射砲の弾幕は、そのはるか下で空しく煙になって消えた。ときに銀色の小さな点がB29に向かって突進して行くが、たちまちのうちに細かな破片となってキラキラと落下してしまう。わが戦闘機の果敢な、空しい攻撃であった。

防空壕の書物は、屋根つきであっても湿気を吸って痛んだ。穴を掘る仕事を手伝った記憶はない。

父は社会部の記者だったけれど、ほとんど家にいた。有楽町まで出社して原稿を書いたところでムダだったから。すでに紙も配給で、新聞は小さなタブロイド版だったのである。

社会部の机の上には、鉛筆で文章が書かれている原稿用紙が山積みになっていたそうである。悪質なメチールアルコールを飲んで泥酔した記者が、その原稿の山を床にたたき落として火をつけた。そこにいた一同、小便をかけて消火したこともあったらしい。ウサの晴らしようがなかったせいだろう。

父は庭で黙々と穴を掘っていた。酒飲みだったが、もちろん酒は無い。屋根つきの防空壕にせっせと書物を運びこんでいる父を、小学三、四年生ごろだったぼくは、別に不思議とも思わずに眺めていた。母も何もいわなかった。
広島に「特殊爆弾」が落とされたあと、次は浦和らしいという回覧板が回って、夜、両親は残して老人、子どもは少し離れた水田地帯に避難することになった。

祖母とぼくと弟の三人は家を出た。門を曲がるときに振り返ると、両親は夕焼け空を背景に手を振っていた。

水田の土手に向かって長い行列が連なっていたのは、いまも記憶している。みんな土手のすそに座りこんでいた。月が出た。そして何ごともなく夜が明けた。

昭和二十（一九四五）年三月十日夜、東京の方角の空が真っ赤に染まっていた。B29大型爆撃機三百余機が下町を中心に焼夷弾をばらまいたのである。一夜にして十万人の命が奪われた。

もちろん、真っ赤な空を見上げているぼくたちに、そんなことはわからない。多分、父には察しがついていたはずだろうが、まったく無言だった。

そのまま屋内にはいって床についた。あの真っ赤に染まった空の下でどのようなことが起きていたのか、想像もできなかった。

第二場　黒衣のテイショー

敗戦後、テイショーがわが家を訪れるようになったころ、かつて防空壕のあった庭はトマトやナスの畑に変じていた。家庭菜園ともいえないほどの小ささだった。

屋根の上はカボチャのつるがはい回っていた。まるでヘチマのように長く、収穫量は多いが、甘味のちっともないカボチャだった。腹はふくれるけれど、不味いやつが主食がわりだったせいで、「カボチャアレルギー」になり、大人になってもしばらくはカボチャが食べられなかった。

サツマイモも同じで、朝昼晩、そればかりだったから、「イモアレルギー」も長くつづいた。「ギンシャリ」つまり白いコメのご飯を食う夢まで見た。

それでもカンナの長い葉が勢いよくのび、色鮮やかな花をつけていた。縁側にテイショーと二人で腰掛けて、油絵具で描いた記憶が鮮明である。

油絵具はテイショーに連れられて、上野の池之端まで買いに行った。戦災にも焼け残った古い画材店で、名前に確か「洞」という文字がふくまれていたような気がする。

テイショーはいつだって黒シャツに黒ズボンだった。「黒が好きなんだ」と語っていたけれど、ぼくたちは、ただ汚れが目立たないからだ、と理解していた。

先生とぼくら生徒たちのカンケイは、まあそんな調子だった。図工の授業はもちろんテイショーだし、算数、国語、理科などはそれぞれ専門の教師が教えてくれた。

日本史はなぜか担任のテイショーだ。『くにのあゆみ』という教科書だった。

敗戦後すぐ、地元の与野の小学校分校で、教科書の「墨塗り」という作業をぼくは経験している。

昭和二十（一九四五）年八月十五日に戦争が終わって、九月に文部省は、教科書から軍国主義やアメリカを悪く表現している部分の削除を指示していた。それに従って教師たちは生徒に「墨塗り」をさせたわけだ。

教師に、ここ、ここ、といった具合に指示されて、筆で墨汁の線を引いて消した。なぜ

墨塗り教科書『ヨミカタ、二』

そんなことをするのか、どんな説明があったか、まったく覚えはない。ただ、黒々と墨で汚れた教科書（といっても、紙不足でほんの数ページの小冊子だった）の姿が、次のような記憶といっしょに脳裏に浮かび上がってくるのだ。

敗戦前のこと、宿題に絵を描いてくるように命じられた。屋根に上がって風景画を仕上げた。いまでは住宅の屋根に埋まっているけれど、そのころは農家の茅葺き屋根が森のなかにのぞいていた。つまり「絵」になる風景が広がっていたのである。

得意になって提出したとたん、いきなり往復ビンタを食らわせられた。「非国民め、何なの、この絵は！」と怒鳴られた。女性の教師だった。ぼくはかねてから、なかなかの美人であると評価していた。その美女が目を釣り上げて叫んでいる。

なるほど、ぼく以外の級友たちは全員、空中戦や海戦の想像画だった。子ども心にも美人に見えた教師の、大きな白目が忘れられないだけで、ビンタを食らってこころ傷ついた記憶はとくにない。

親父が新聞記者、母は新聞社の受付嬢をしていて、都会的で活発な女性だった。そもそも母親からして「非国民」だった。モダンなツバの広い帽子をかぶって、しかもモンペでなく、いまでいうパンタロンをはいていたりしたから、反感を抱かれたのだろう。ビンタはお袋のせいだと、タカフミ少年は理解していた。

戦後しばらくして、与野の分校から埼玉師範の附属小学校に転校した。

さてテイショーの日本史の教科書の『くにのあゆみ』だが、敗戦後の教育改革で最も注目を集めていたのが歴史教育だった。

それまでに学校で国史について教えられた記憶はないが、天照大神や神武天皇の存在が何となくアタマのナカに入っていた。

ところが『くにのあゆみ』は、神代からではなく石器時代から書き始められた、文字通り日本で最初の歴史教科書だった。

それでも国内のマルクス主義の学者たちからは、まだ皇国史観が残ると批判され、ソ連・中国からは「侵略戦争を正当化している」などと厳しく批判されていた。

大学生時代、父・三男と母・久恵と3人で

ぼくたちは、まだそのようなことには無知だったが、『くにのあゆみ』の授業のときのテイショーは日頃の闊達さと違って、妙に口ごもり、セキばらいの多いのが印象に残っている。

「これでいいのか、いけないのか」というようなタメライと迷いの影を、ぼくはよくわからないながらも感じていた。

こうして少年タカフミは、ゆっくりと知らず知らずのうちに、『ハムレット』の方へ近づいていったのである。

第三場　坪内逍遙

「タカフミー、ハムレットをやろう！」と声をかけられて、帰宅するとすぐに父の書架から『ハムレット』を探し出した。

開いたときの第一声は、「わっ、やべえなあ、これは！」だった。

いきなり「緒言」とあって、シェイクスピアの『ハムレット』劇成立の歴史と背景の説明が、「作者が三十四歳以後、三十八歳以前の作なるが如し」とあった。

そして本文を開くと、「第一幕　第一場エルシノーア。宮城前の高臺。深夜。兵卒フランシスコー立番してゐる。ここへ組頭バアナードー入來る。」とあって、いよいよ芝居の会話に入る。

バア　　何者ぢや？

フラン　あいや、其許こそ。待て、名宣らしめ。

バア　今上萬歳！

といった調子なのである。そりゃ、そうだよ。明治四十二（一九〇九）年初版発行で、ぼくが手にしているのは、その十二版、大正五（一九一六）年発行なのである。譯者・坪内雄蔵、出版・早稲田大学出版部・冨山房。

つまり坪内逍遙訳の、まるで歌舞伎のような古風な口調なのである。

しかし、『ハムレット』という芝居が「何者ぢや？」という問いかけで幕を開くことにも深い意味があるのだった。「誰だ？」という問いにはじまって、「沈黙」に向かって進行してゆく劇である、という説もあることなんか、知るよしもなかった。

『ハムレット』は明治七年（一八七四）年、横浜で発行された月刊誌『ザ・ザャパン・パンチ』（The Japan Punch）にローマ字訳で出たのが日本初登場だ。

それ以後、多くは日本の芝居に翻案したものや抄訳がほとんどだった。そして坪内逍遙に至って、ようやく完訳が世に出る。それがぼくたちの『ハムレット』ということになるのだが、では逍遙訳のほかに現代的な散文のものはなかったのだろうか。

たとえば大正四（一九一五）年には久米正雄訳が新潮文庫で出ていたりするが、何といってもわが家で父の書架に「逍遙訳」があるのを、テイショーが発見したということが重要だったのである。

「もっとやさしいのを探そうよ」というようにはならなかった。それに、大学者・坪内逍遙訳というのも魅力的であった。

市河三喜・松浦嘉一訳の岩波文庫、福田恆存、永川玲二、木下順二、小津次郎、小田島雄志といった人たちの訳業がポピュラーになるのはもう少し先のことだ。

いまぼくの座右には、この人たちの『ハムレット』も、小田島訳の『シェイクスピア全集』も野島秀勝訳、河合祥一郎訳、松岡和子訳も並んでいて、それぞれに助けられているのだけれど、ともかくもテイショーとぼくは明治の香りが漂う坪内逍遙で行くことになったのである。

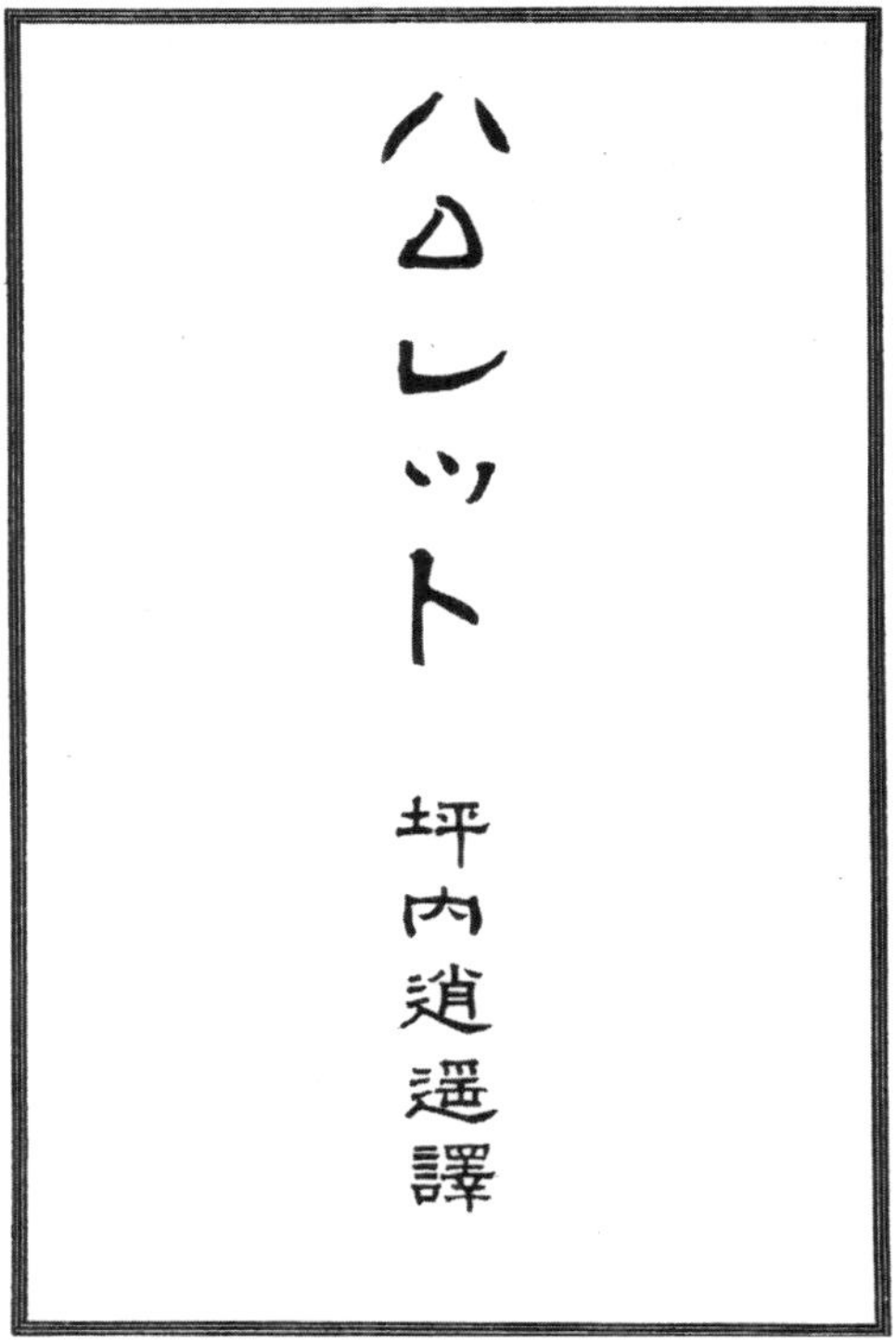
ハムレット
坪内逍遥譯

坪内逍遥訳『ハムレット』扉

荘重なセリフがとてもカッコイイと感じられたせいでもあった。もちろん、当時は「カッコイイ」なんていう言葉はまだなかったはずだけれど。

「何だか、凄い芝居みたいで面白そうだ」なんていったのだろうか、じつは坪内逍遙という学者は、酔って帰宅したときの父のおしゃべりによって、ぼくにとってはちょっぴり身近な存在になっていたのである。

早稲田大学で父は、逍遙の講義を受けたことがあるというのだ。酔った勢いでその口上をまねするのであった。

「……シェイクスピアは天才であったのであるんであるんである」といった調子で、身振り手振りよろしく、「ある」を何度もくりかえす。つまり、すごく時代がかった名調子であったらしい。

そのせいで逍遙訳の『ハムレット』の古風なセリフに、なじみやすかったのかもしれないのであるんである。

夏目漱石の『吾輩は猫である』も父の書架にあったので、小学生のころ読んでいた。猫が主人公というのが面白かったし、難しい漢字には振り仮名がついていた。わからないところは、飛ばし読みだった。

飛ばし読みが得意だった。要領がよくてチャッカリしていたので、母はぼくに「チャッカリ・ヘンリー」というアダ名をつけた。アメリカのマンガ映画にあったらしい。

というわけで坪内逍遙訳の文語体の『ハムレット』に挑戦することになった。まずそれを読んでみなければ、はじまらない。

いまならコピーがあるからいいけれど、そのころは無いから、一冊の本を仲間とのぞきこんで読むことになる。

テイショーはそれを、ぼくとダンゴに命じた。ダンゴはぼくと同じに美術班でサッカー部員だった。父親は某新聞社の幹部だった。家も近いので、毎朝、迎えにきてくれて、いっしょに登校する仲だったのである。

わが家から真っ直ぐ南に向かい、明治大学の経済学の大先生の屋敷から坂を下りて小川を渡ってまた坂を上り、附属小学校の横を通りすぎて直進すると、学校の裏門のわきにある詩人「ちんぼこたろう」の家にぶつかる、という道筋だった。

二人ともほお歯の足駄をはいて、カランコロン音を立てて歩いた。朴の木で作った高下駄である。

わが家のすぐそばが旧制浦和高校だった。全寮制で、学生は黒いマントをはおり、書物をわきにかかえ、ボロボロに破れた学生帽をかぶって、だれもがほお歯の足駄をはいて、カランコロンと闊歩していた。

寮祭のときは、仮装行列や哲学をもじった飾りつけでにぎわった。時に「ストーム」と称して深夜、大騒ぎを演じることもあった。「寮雨」というのは、寮の二階の部屋の窓から小便をすることであった。だから地面にはその跡が三角形になって並んでいた。

そんなアナーキー（なんていう言葉は知らなかったけれど）な言動に憧れていた。しかし無情にも学制改革によって旧制高校は消滅して、ぼくたちの夢は幻に終わった。

しかし、ぼくとダンゴは、破れた夢と幻を抱きつづけて、ボロボロ帽子にほお歯の高下駄で登下校していたのだ。

「デガダン」な生き方、つまり高踏的な反権威主義、反道徳主義ともいうべき言動に、生意気にも魅力を感じていたのである。だから『ハムレット』は、そんなぼくたちにピッタリだった。

学校からの帰りの長い一本道を、ダンゴとぼくはカランコロンと足音高く歩むうちに、どちらからともなく突然、下駄をぬぎ捨てて裸足になって、そのまま歩きつづける。一〇〇メートル、二〇〇メートル……ついに我慢しきれなくなって、顔を見合わせると、一目散にかけもどって、下駄をはき直して、またもカランコロンであった。

儀式のようにくり返したあれは一体、何だったのかしら？　ただ訳もなく面白かったのである。

ここでちょっと先回りして、日本の『ハムレット』上演史をひもといてみたい。これからあと、演劇の歴史については、演劇史の権威、文化功労者・河竹登志夫の大作『日本のハムレット』に全面的に教えられている。

それによると、日本での『ハムレット』初演は、明治三十六（一九〇三）年十一月、東京・

本郷座の川上音二郎一座だった。登場人物の名前は日本人の名前にかえた翻案ものであった。ポンと跳んで戦後にゆく。

①戦後初演は昭和二十二（一九四七）年十一月、東京青年劇場の帝国劇場公演である。
②同二十五年三月、東大教養学部学生による原語公演で駒場講堂。
③同三十年五月、文学座が福田恆存訳・演出で、東横ホール。

などとつづいてゆく。ところでぼくたちの『ハムレット』はいつだったか？　声を大にして叫ぶならば、昭和二十四年なのである。つまり、戦後二番目なのだ。

と大いに自慢したいところだけれど、これはかなり怪しいかも知れない。というのはシェイクスピアの大専門家にこういう証言があるからだ。

英文学者にしてシェイクスピアの研究家であり演出家でもあった安西徹雄が、『シェイクスピアは世界をめぐる　各国における出会いと再創造』という共著書のなかで、「何故にシェイクスピアはかくも日本で読まれ、演じられるか」という文章を書いておられる。

そこで安西は、こう語っている。「中学校の文化祭で、『ヴェニスの商人』の法廷の場を脚色し、演出したのが、私とシェイクスピアとの出会いの最初となった」と。

安西はぼくより三歳の年長であるが、ともに中学生である。となると、ほとんど同じころ、日本のどこかでぼく以外にも中学生が『ハムレット』を演じていたのではないだろうか？

などと疑いだせばキリがない。ぼくは乱暴にこう考えることにした。

まことに失礼ながら、安西少年の『ヴェニスの商人』は、法廷の場だけだったらしいけれど、タカフミ少年の『ハムレット』は「通し」だった。つまり、第一幕第一場から第五幕第二場、つまりはじめから終わりまでやったのである。しかも坪内逍遥訳である。

『日本のハムレット』の著者にして日本演劇史の大権威者である河竹登志夫に、東京・麻布のある画廊で偶然お目にかかったことがある。

そのときぼくは、ぼくの『ハムレット』についておしゃべりして、先生のあのご著書の年表の、文学座の前に入れてください、と勇猛果敢にも申し入れたのである。

すると先生は、「ほほー、それは凄いね」とおっしゃって愉快そうに笑った。これはまことに重みのある「お墨付き」であるんであるんである。などと妄想の思い出ばかり語るより、中学二年生時代の『ハムレット』に話をすすめなくてはならない。

第四場　キック・オフの笛

さて、タカフミ少年とダンゴである。同級の自他ともに認める親友で、ともに美術班員でサッカー部員で、しかも家庭環境が似ていたし、家も近かった。だから、歌舞伎みたいな口調の『ハムレット』の脚色を命じられるのは、ごく自然ななりゆきだった。

しかしぼくたちは、なかなか忙しいのである。学芸会も大切だったが、ともにサッカー部員であることも重要だったからだ。

戦後すぐのそのころ、サッカーは全国的に見れば、野球などにはるかに及ばないマイナーなスポーツだった。

ところが埼玉県は、神奈川、兵庫、広島などの各県とともに、戦前からサッカーの盛んな土地柄なのである。

幕末の安政五（一八五八）年、徳川幕府は鎖国を終わらせ、アメリカ、イギリスなどに港を開いていった。神奈川の横浜や兵庫の神戸など、開港した土地で、イギリス人たちはイギリス発祥であるフットボールを楽しんでいた。

明治六（一八七三）年、横浜でおこなわれたイギリス人の試合を描いた、集団の取っ組み合いのような銅版画が残されている。

広島には軍港があり、海軍の代表スポーツはサッカーだった。軍艦が海外の港に寄港すると、「世界スポーツ」であったサッカーで親善をはかることが慣習となっていた。

埼玉の場合は埼玉師範学校の存在が大きかった。明治十（一八七七）年、イギリス人教官によって体操伝習所の教科にフットボールが取り入れられた。それが、のちの東京高等師範学校に引きつがれていった。

その高等師範学校を卒業した細木志朗が明治四十一（一九〇八）年、埼玉師範学校に教師として着任した。これが「埼玉サッカー」の起源となるのだ（はるかのちの、プロサッカー「Jリーグ」の浦和レッズの源流にもなる）。

そして埼玉師範サッカー部は昭和十二（一九三七）年八月、全国中等学校蹴球選手権大会で優勝するのである。

つまり、埼玉師範附属中学サッカー部のタカフミ少年もダンゴも、その末裔ということになる。そしてぼくたちの宿敵、当面の目標は、浦和市立白幡中学サッカー部を打破することであったけれど、敗北つづきであった。

なぜ白幡中学は強かったのか。教諭でサッカー部監督が、全国制覇したときのエースであった池田久先生だったからである。「久さん」と白幡中学はタカフミ少年とダンゴの前に立ちはだかる巨峰であった。

ぼくたちは、『ハムレット』とサッカーという「ブリティッシュ」な世界を、旧制高校のバンカラ風を気取って、ほお歯の高下駄で闊歩していた。

ただし、「大東亜戦争」敗北の傷痕はまだ深く、コメの食事が食えるようにはなりかかってはいたが、育ち盛りの少年たちの栄養については、まだまだ欠乏状態がつづいていたのである。すき焼きなんぞにお目にかかるのは、まだ先のことだった。

サッカーのボールも乏しく、二個か三個がやっとで、革はすり減って、形はゆがんでいた。ゴムのチューブもパンクしやすくなっていて、空中を飛んでいるときに、空気が抜けてしまうこともしばしばだった。

だから、自転車の、パンク直しのセット一式がゴールポストのわきに置いてあった。水を張ったバケツは、チューブにあいた穴を発見するためのもの。ふくらましたチューブを水に沈めるとアワが出る。ゴム布の小片を軽石でこすってゴムノリをぬり、穴のあるところに張りつける。チューブを革のなかに押しこんで空気を入れる。そこで練習再開だ。

ダンゴもタカフミ少年も、足はスパイクどころではなく、ズックの運動靴で、しかも破れていたりするから、ボールを蹴った瞬間、脱げてボールよりも遠くまで飛んだりしたものだった。

いつもすきっ腹をかかえてではあったのだけれど、想像力というものの重要さを、芝居とサッカーの両方で、幼い理解ではあったが、おぼろげながら感じはじめていたようであった。

想像力を働かせなければ、『ハムレット』を読みこなすことはできない。想像力を働かせなければ、サッカーで、次にどう動き、どこへ、どう蹴ったらいいのか判断できない。

こうしてぼくたちは「空腹」をかかえながらも、『ハムレット』とサッカーへ「キック・オフ」したのだった。

第三幕

天まで飛べ

To be, or not to be, that is the question.

（『ハムレット』第三幕第一場）

第一場　名セリフを探す

ダンゴとぼくはいよいよ脚本作りにとりかかった。明治時代に多かった日本の芝居への翻案ではなく、シェイクスピアの原作そのものでゆくのである。

昨今ならば解説書もいろいろあるけれど、そのころはわが家にはなかったし、学校の図書室にももちろんない。本文のあとに、訳者である坪内逍遙の解説がついていたけれど、これまた難しい。

秋の学芸会で与えられている時間は三十分である。二七〇ページ以上もある本文は、完全に上演すれば、四時間はゆうにかかる。「シェイクスピアでは最も長い芝居であること」も知らずに、ためしに二人でかわるがわる音読してみたが、一〇ページもゆかないうちにヘコタレてしまった。

ともかく、キック・オフの笛は鳴ってしまったのである。

『ハムレット』が名セリフの宝庫であることは、だれに教えられたのか、どこで読んだのか記憶はないが、知っていた。

しかし、それがどのセリフなのか、たどたどしい読みではわからない。ところが、天はわれらに微笑みしか！　ページをめくっていると、あちこちに線が引いてあるのに気がついた。

そこをくり返し読んでみると、なるほどカッコイイ文句にしるしがつけてある。古本なので前の持ち主がつけたのか、それとも親父が読んで線を引いたのか、確かめようとしたのかどうか記憶も霧のなかだ。

そこで作戦をねった。五幕二十場に分かれる芝居なのである。それと、名セリフを拾いあげてみると五つほどになりそうだ。

名セリフごとに場面を設定してゆけば、とにかく筋を追うことはできるのではなかろうか。名セリフが五つあるのだから、そうすれば五幕はともかく、五場は作れるはずだ！

その過程で原文の英語にあたったのかどうか、これも覚えていないが、身近なところにそれがあったという記憶もない。

のちに戦後の英語教育の象徴的な存在となる英語の教科書『Jack and Betty』で「奮戦」していたぼくたちだったから、英和対訳のペイパー・バックスを探し出したかも知れないが、

さあ、どうだったのかしら？

不思議なことに、章頭句に挙げた『ハムレット』で、という以上にシェイクスピアで最も有名なセリフである、「To be, or not to be, that is the question.」を、原文の英語でぼくたちは知っていたらしいことを証明する、愉快なできごとがあったのだ。

木造平屋建て校舎二棟の間に小屋があって、職員室のお茶のためのお湯を沸かしたり、朝夕に校門を開いたり閉めたりの雑用を引き受ける職員がいた。そこは校舎からは独立した小さな平屋建ての小屋で、小さな池と縁側があり、宿直室と古風な薪用のかまどの並ぶ調理場もあるという、いささか奇妙な存在だった。多分、女子師範学校の一部だった名残なのかも知れない。

一人のお爺さん（とぼくらには見えた）がいて、この老人はわがサッカー部にとても協力的であったので、ぼくたちは「小使いさん」と呼んでなれ親しんでいた。

小さな池と縁側のあるその場所は学校のなかの別天地で、サッカー部がいつでも独占的にたむろしていた。

ときには豚肉の細切れを持ち寄って、小使いさんにトン汁を作ってもらったこともあった。練習を終えて引き上げてきたときすすった熱々のトン汁の旨かったこと。いまも飲み屋でトン汁をすするたびに鮮明に思い出すのである。

もちろん野球部などもあったが、サッカー部だけがそこで、ボールの手入れをしながらにぎやかに雑談していることを認められていたのは、サッカー全国優勝の歴史を誇る埼玉師範学校ならではの風景だった。

そこでワイワイやっていたとき、主将でありＣＦ（センターフォワード）であった「チビタンク」（小柄でよく動くから）がぼくに、いきなりこう話しかけてきたのである。

「おい、タカフミ（ぼくにはアダ名はついていない。なぜならば、いつだってぼくがアダ名の命名者だったから！）こういうの知ってるか？　ツビー ツビー、テン メイド ツビー」

そういうと、壁に掛かっていた日程用の黒板に白墨ですらすらと、「To be to be ten made to be」と書いたのである。のちに衛兵役になる彼は、すでにハムレットになったつもりで振る舞っていたぼくをからかったのだろうか。ぼくはいささかうろたえて、アタマのなかで、それをくり返した。「To be, or not to be とは違うし、さあ、何だろう？」すぐさま降参して、「何だよ、それ！　教えろよ！」と問い返した。するとチビタンクは愉快そうに笑いながら、こう明かしたのである。

「トベ トベ テン マデ トベだよ」

なるほど、飛べ、飛べ、天まで飛べ、だ。ぼくは、うーむ、参った、という心境であった。ちょっと調子に乗りすぎていたタカフミ少年に、主将の放ったそのジョークは痛烈にこたえた。

しかし、この言葉あそびは、原作の「To be, or not to be」を知らなければ出てこないジョークだろう。

チビタンクは、どこでどうやって、「To be, or not to be」を読んだのだろうか？　知ったのだろうか？　知った上で、自分で「テン　マデ　トベ」の言葉遊びを創ったのだろうか？　それともぼくが無知であっただけで、すでに世間に流布していた言葉遊びだったのだろうか。

　昨今なら、シェイクスピアなんか観たことも読んだこともなさそうな政治家なんぞが、何か判断に迷ったようなときに、「いまやハムレットの心境です」なんて語ったりするほどポピュラーになったけれど、戦後すぐのころでは、そうはいかなかったはずである。

　それから七十年たったいまでも、「飛べ、飛べ、天まで飛べ」という言葉は、折にふれてぼくの脳裏に鮮明によみがえってくるのである。

　ところが令和三（二〇二一）年六月、その「鮮明な記憶」が痛烈な刺激を受けるできごとがあったのである。

前衛の演出家であり役者である野田秀樹の作・演出である芝居、『フェイクスピア』が池袋の東京芸術劇場で上演されると知った。

アメリカ史上最悪の大統領であると、ぼくが信じている「トランプ大統領」は、自分に都合の悪いニュースが出ると即座に、「フェイクだ」と喚き散らすので、「フェイク」は流行語になった。選挙で民主党のバイデンに敗れると、その結果についても「フェイク！」と主張して、一時はホワイトハウスを去らない素振りまでみせた。

そこに「フェイク」と「シェイクスピア」を混ぜ合わせた、野田一流の言葉遊びが登場したのである。これを観ないわけにはゆかない！　キャンセル待ちの切符をやっとのことで入手した。そして、「星の王子様」が登場したあたりで、野田が演じる「シェイクスピア」が「To be, or not to be」と口にしながら、「T、O、B、E、飛べ、飛べとは……」と叫ぶのであった。

その瞬間、酔眼耄碌翁の脳裏に、七十年以上も昔の情景が鮮烈によみがえったのだ。附属中学サッカー部のセンターフォワード、チビタンクがぼくをからかったひとことである。

「To be to be ten made to be を知っているかよ！　飛べ、飛べ、天まで飛べ、だよ！」

その「飛べ、飛べ」が七十年以上の時を隔てて、野田秀樹の芝居に登場したのだ！

さらに、野田の記憶もまだなまなましい七月の八日、京王井の頭線「駒場東大駅」近くの小劇場「こまばアゴラ劇場」で、またもや「To be, or not to be」と「to be 飛べ、飛べ」というセリフに出合った。

作・演出・河合祥一郎の『ウィルを待ちながら』という二人芝居である。前衛劇の傑作ベケットの『ゴドーを待ちながら』を下敷きにして、シェイクスピアの全四十作品から集めた名セリフをつないだ異色作である。

二人のベテラン役者によるセリフ満載の劇は大いに愉快だった。そして、「To be, or not to be」につづいて、「飛べ、飛べ」というセリフが登場したのである。

百人ほどで満席の座席のすみにいた酔眼耄碌翁は、「コロナ対策」のマスクの奥で、なるほどと独りつぶやいていた。

超有名な「To be, or not to be」は、パロディー的には「飛べ、飛べ」と置きかえやすいのだな！

しかし、七十年昔のわが「ナイトパン座」では、もっと徹底して、「To be to be ten made to be」、すなわち「飛べ、飛べ、天まで飛べ」とやっていたのだ！と、いとも幼稚な満足感にひたっていたのである。

第二場　ヒトゴロシ　イロイロ

シェイクスピアの生没年をぼくは「ヒトゴロシ　イロイロ」というごろ合わせの読み替えで覚えた。「一五六四年生まれで、一六一六年没」。

一六一六年といえば徳川家康の死んだのもその年だ。へー、家康と同じ時代の作家なのか、とタカフミ少年は驚く。

講談本でおなじみの忍者、猿飛佐助や霧隠才蔵たちが、大御所、つまり徳川家康の寝所の天井まで忍びこんだのに、いつもなぜか殺さずに終わってしまうのを、じれったい想いで読んだものである。

天井の穴から猿飛佐助がのぞくと、家康は口を開けて寝こんでいる。講談本のそんな描写とシェイクスピアが、どうもうまく重なってこない。ところが、坪内逍遥訳の文語体のセリフなら、言葉の雰囲気だけは妙に一致する。

逍遙によるシェイクスピアの最初の訳は、明治十七（一八八四）年に『ジュリアス・シーザー』を浄瑠璃風に翻訳したものだった。

シーザーの暗殺に加わるブルータスは「舞婁多須」と表記され、演説の冒頭は、「舞婁多須　ヤオレ人々静まり候へ。某《それがし》が演説を終るまで、謹んでお聴きなされい」と、堂々たる文語体だった。

それが五十年たった昭和九（一九三四）年の訳では、「ブルータス　済むまで静粛にしてください」となってくる。完全に昨今と同じ口語体である。

明治から大正にかけて、書き言葉を話し言葉に近づけようという、いわゆる「言文一致運動」の大きな流れのなかで、逍遙はシェイクスピアの翻訳に取り組んできたのだ。

五十年という長い努力によって、シェイクスピアは日本の人びとにも身近な存在となってきたのである。

『ハムレット』についても同じである。ぼくたちが手にした本の初版は明治四十二（一九〇九）年十二月である。

五十年の汗の結晶とは知らず、ただ「カッコイイ」というだけで、文語体訳のそれを選んだのは、まことに申し訳なく、恥ずかしいことであった。しかし、こうも言えるのだった。セリフの調子である。文語体の方が詩的にロウロウと響く。リズムのある「語り」が心地いいだろう。

タカフミ少年たちの「カッコイイ」という感覚は、いまにして思えば、そんなようなことを無意識のうちにつかんでいたのかも知れないのである。

原文の英語だって、シェイクスピアの生きた十六世紀はすでに「近世英語」の時代に入っていたが、もちろん『Jack and Betty』の英語と同じというわけにはゆかない。なにしろ「ヒトゴロシ　イロイロ」の、日本でいえば徳川家康の時代の英語なのだ。

だったら、その翻訳だって、日本の現代語でなくたっていいのじゃないかしら、などと幼いアタマで考えたのかどうか、まあともかくも文語体を選んだのである。こうした問題については木下順二の『〝劇的〟とは』で教えられた。

シェイクスピアの生きた十六、十七世紀は、英語の歴史にとって重要な時代だった。

一六〇三年に即位したジェイムズ一世（一五六六〜一六二五）は即位後すぐに聖書学者五十四名を任用して、正確で美しい英語の欽定訳聖書を準備させた。この決定版は一六一一年に完成し、スコットランド、アイルランドもふくむ全国すべての教会に置くように定められた。

こうしてすべてのイギリス人が、聞くか読むか暗唱するようになった聖書には、次のような美しい詩的な文章が散りばめられていたのである（近藤和彦『イギリス史10講』）。

In the beginning was the word,
and the word was with God,
and the word was God.

はじめに言葉ありき
言葉は神とともにあり

言葉は神なりき

別所沼を見下ろす丘の上の中学校で、樹液に群がる蝶を見つめていたぼくにも「はじめに言葉ありき」だったのである（第一幕第三場参照）。

「おーい、タカフミー、ハムレットをやろう！」というナイトパンの言葉がそれだった。

ダンゴとタカフミ少年は、わからないことだらけのなかで奮戦をはじめたが、まず疑問に思ったのは、この作品の正式の名前が『デンマークの王子ハムレットの悲劇』ということだった。シェイクスピアというイギリス人の作品なのになぜ「デンマークの王子」が主人公なのだろう？

地図を見れば、イギリスとデンマークは、広い北海によってへだてられている、ずいぶん遠いなあ！と考えたのが大間違いで、早くは八世紀後半から十一世紀にかけて、北ゲルマン族の「ヴァイキング」が、スカンディナビアやデンマークから北海を渡ってヨーロッパ各地やイギリスに侵攻していた。北海なんかものともせずに、元気のいい民族が、行ったり来たりしていたのである。

十二世紀のデンマークには「ハムレット伝説」というものがあって、これがフランスを経てイギリスに伝えられた。

こうした「原・ハムレット」という存在が天才シェイクスピアの内部で熟成して、『デンマークの王子ハムレットの悲劇』になったのであると、ダンゴとタカフミ少年は、わかったような、わからないような気分ながら、ともかく納得したのである。

そこから時を経て、特派員としてロンドンでしばらく暮らしていたころ、『ハムレット』の舞台であるデンマークのエルシノア城を訪れた。またの名をクロンボルグ城という。

荒々しい不気味な古城を想像していたが、海の近くではあったけれど、大きな館といった造りだった。上の階から眺めると、眼下の海峡の対岸にスウェーデンの都市ヘルシングボリが見えていた。

この町のサッカーチームこそ、戦後、日本に来てくれた最初の外国チームだった。

一九三六年、ぼくの生まれた年のベルリンオリンピックに、日本サッカーは初めて参加して強豪スウェーデンと対戦した。

へえ、日本人もサッカーやるんだ、といった程度にしか知られていなかったが、なんと日本は3-2の逆転勝利をおさめた（二回戦はイタリアに8-0で惨敗した）。

東京帝大、早稲田を主体としたチームで、朝鮮の選手も有力選手だった。早稲田サッカーのOBであった父は、特派員としてベルリンにいた。後輩たちが演じた奇跡の逆転勝利を熱っぽく伝えた。

スウェーデンの人びとは、一九三六年のこの敗北の記憶を温めていた。そして好敵手との友情のあかしとして、世界で冷たい目で見られていた敗戦国にいち早く来てくれたのであった。往年のハムレット少年でありサッカー少年であったぼくは、『ハムレット』の舞台となった場所で、しばし感慨にふけった。

いや、感慨というよりは妄想といった方が正確だろう。爽やかな秋の日差しのもと、城は亡霊どころか霧の気配もなく、海峡にはヨットの白帆が点々としていた。

彼方に対岸のヘルシングボリの街の姿が浮かぶ海峡を一望のもとにおさめる、虚空の巨大さに声を失って茫然としながら、「トベ トベ テン マデ トベ」という、あの言葉遊びと、「ハムレット」の独白「To be, or not to be」を思い出していた。「ハムレット」の「言葉、言葉、言葉」というセリフ（第二幕第二場）が、虚空に低く木霊しているような気分にもなった。

人間は「言葉」によって生きているという実感が、眼下の海洋から霧のように渦巻きながらはいのぼってくるかのようだった。

こころ貧しく、無学なジャーナリストではあったけれど、「言葉」が自分の天職だという想いだけはあった。その想いは、いつだって『ハムレット』に帰ってゆくのだった。

第三場　ガリ版に刻む

七十年も前にダンゴとぼくが坪内逍遙訳の『ハムレット』を苦心して読んで、いささか怪しいながらまとめた粗筋は、およそこんな具合だったろう。

①デンマークのエルシノア城の城壁に、亡くなった先代の王の亡霊が出る、と聞いて王子ハムレットと親友のホレイシオーが確かめようとする。霧の奥から現れた父王の亡霊は、こう告げた。昼寝をしていたとき、お前の叔父クローディアスに、耳に毒液を注がれてわしは殺された。そして王になり、わが妃、つまりお前の母を自分の妃にしたのだ。復讐せよ！

②復讐を誓ったハムレットは、狂気を装ったりしてその機会を待つ。侍従長のポローニアスは、王子が狂ったのは、娘のオフィーリアへの恋わずらいのせいだと思いこむ。

③ハムレットは、王宮で旅回りの役者に、亡霊の語った通りの場面を演じさせる。王が驚いて立ち上がったため、ハムレットは亡霊の言が事実だったと確信する。

④クローディアスの妃になった母をハムレットは責める。壁掛けに隠れて様子をうかがっていた侍従長ポローニアスを、ハムレットは王と勘違いして殺す。

⑤オフィーリアは、愛するハムレットにつれなくされ、父も殺されて狂気になり、歌をうたいながら川に落ちて死ぬ。

⑥王クローディアスは悪事がハムレットに露顕したと知り、侍従長ポローニアスの息子でオフィーリアの兄レアティーズに、父と妹の仇を果たせとそそのかす。

王はハムレットに、レアティーズとの友好の剣の試合をもちかける。王の企みでハムレットの剣先はサヤつきだが、レアティーズのは真剣で、しかも毒がぬってある。休憩のときレアティーズは毒剣でハムレットを傷つける。ハムレットはその剣を奪い、レアティーズと王を殺して復讐を遂げるが自分も死ぬ。母も毒を仕込んであった酒を飲ん

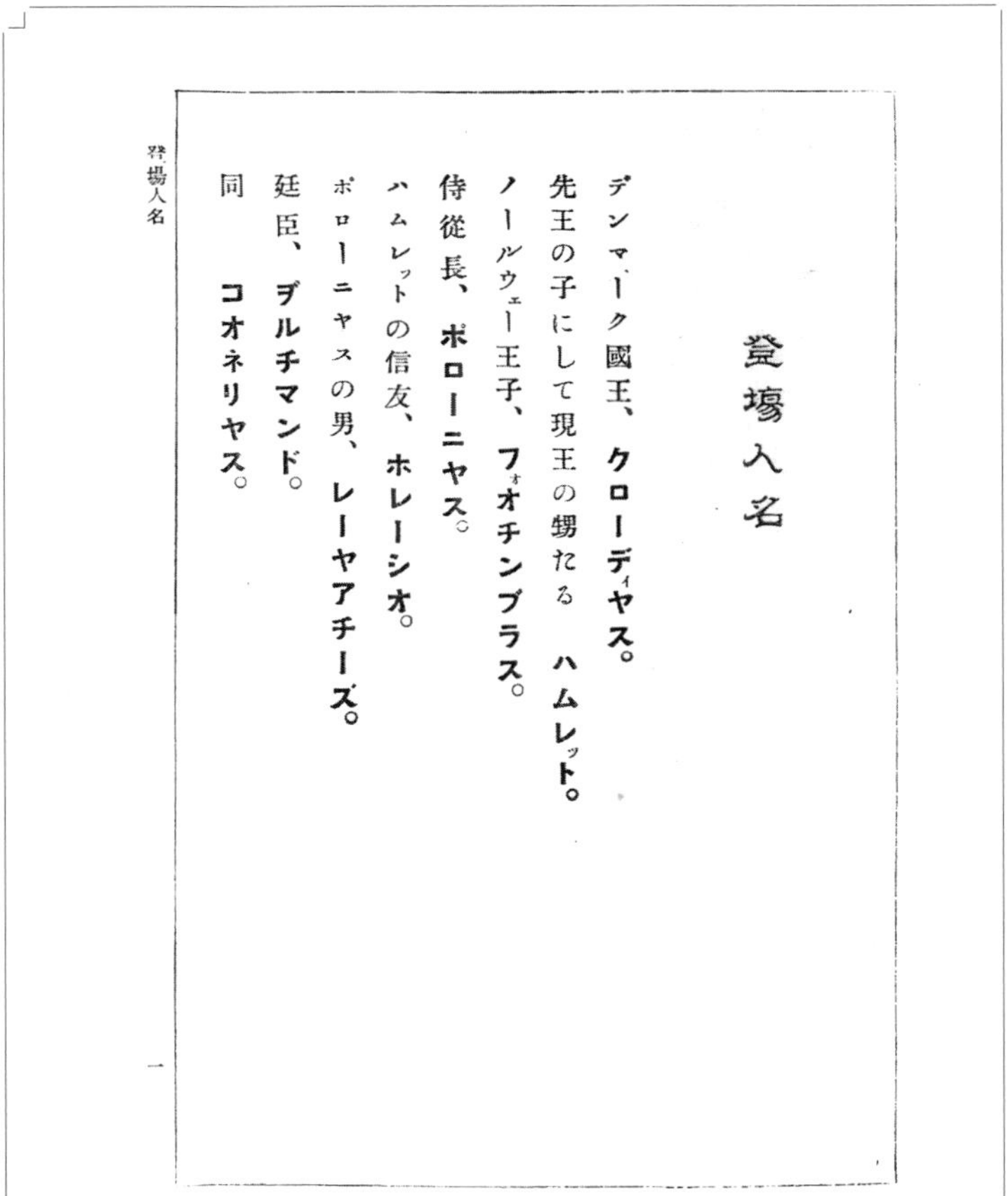
登場人名

登場人名

デンマーク國王、クローディヤス。
先王の子にして現王の甥たる　ハムレット。
ノールウェー王子、フォオチンブラス。
侍從長、ポローニヤス。
ハムレットの信友、ホレーシオ。
ポローニヤスの男、レーヤアチーズ。
廷臣、ヺルチマンド。
同　コオネリヤス。

一

『ハムレット』の登場人物を紹介するページ

で死ぬ。

最後の場面は、ハムレット、王、母、レアティーズたち四人の死屍累々の舞台になるのである。

こんな筋書きを読み解いたのだが、もちろんいくつもの場面は割愛した。三十分の持ち時間では、とても無理であるからだ。

たとえば、旅役者たちに演じさせた「劇中劇」の場面だ。亡霊が告げた殺人は、真実かどうか？　悪魔の仕業かも知れない。

王は驚き、慌てていきなり退場する。ハムレットとホレイシオーは、亡霊の話が真実であったと確信する重要な場面だが、そこまでやる余裕はない。

さらに、オフィーリア埋葬のための墓穴を掘る人夫とハムレットの会話も、哲学や言葉遊びが面白いが、「ナイトパン一座」には無理だ。

省略に省略を重ねてダンゴとボクは、ともかくも三十分ものの脚本を仕上げた。その過程で、先生や親父たちに相談にのってもらったのかどうか、記憶はまったくない。

多分、先生のナイトパンは、自由に好きなようにやりたまえ、といった気分だったのではないか。学校全体に、そんなような自由の空気がみなぎっていたのである。敗戦後まだ三年、「教科書墨塗り」の記憶も残り、英語、新しい日本史、職業家庭科など、新しい教育は始まったばかり。学校も先生も若かった。

ある日、進駐軍の最高司令部であるＧＨＱの視学監の視察があるというので、先生も生徒も緊張した。アメリカ軍の将校が来るという。ぼくらの英語の先生が案内役になると知って、心配したけれど、ペラペラやっているので安心した。小柄な先生、すなわち「ペラチビ」の評価はにわかに高まったのだった。

ダンゴとぼくはガリ版、つまり謄写版で脚本を印刷した。ロウ引きの原紙に鉄筆でガリガリと文字を書きこんでゆくガリ版はぼくの得意技だった。なぜならば、週刊学級新聞を一手に引き受けていたからだ。

朝鮮戦争で、アメリカ軍を中心とする連合軍が、38度線からじょじょに追い詰められて、もう少しで朝鮮半島から追い落とされそうになったのを、タブロイド版一枚の新聞に地図入りで伝えたりした。

　そのころ、国道沿いに三、四軒だったろうか、木造の立派な新築の家が並んでいた。夜中の空襲警報や飢餓感のまだ忘れられない「編集長」の目には、それはかなり違和感のある贅沢な存在のように映った。

　どうやら東京の中央官庁の偉い人たちの官舎らしかった。その「違和感」を、わが学級新聞の記事にしようと考えた。さすがに、ものがモノなのでナイトパンに相談した。

　先生はアゴに手をやって（それがクセだった）、しばし黙考して、こう語った。

「タカフミの気分はわかるが、そういうのはキミが大人になってから、大いにやったらどうだろう？」

　そうだな、とすぐに納得したけれど、それは小さな経験として、『ハムレット』の記憶とともに、おりあるごとに脳裏に浮かんでは消えて今日に至る。

　それにしても、幼い批判精神はどのようにして「ハムレット少年」の精神に根づいたのだろうか。令和三（二〇二一）年のいまいくつかの体験を思い出すが、そのひとつはあの極東国際軍事裁判を傍聴した記憶である。小学六年生のときだった。

敗戦直後の昭和二十（一九四五）年九月、連合軍総司令部は東条英機元首相など戦争指導者の逮捕を命じ、翌年五月、「戦争犯罪」を裁く法廷を開いた。

そして昭和二十三（一九四八）年、判決があり、東条ら七被告が死刑になった。

朝日新聞の記者だった父が傍聴券を手に入れて、「行ってみるかい？」と六年生のぼくにきいたのである。好奇心まんまんの少年は「ウン」と答え、いまのＪＲ北浦和駅から東京、市ヶ谷の軍事法廷（旧・陸軍省講堂）まで出かけて行った。

大人ばかりの行列に加わって身体検査を待っていたら、大男のＭＰ（ミリタリー・ポリス）がビックリして両手を広げた。その手をぼくのわきの下にいれると、ヒョイと持ち上げた。そしてすぐに下ろすと「オーライ」といってくれた。高く掲げられて見上げた空の青さと、ＭＰの顔の白さと輝くうぶ毛が、いまも記憶に残っている。

窓もない法廷の照明の明るさに驚いた。ハゲ頭の東条さんもいた。ニュース映画で観て

極東国際軍事裁判（東京裁判）が行われた市ヶ谷の法廷

きた人と違ってオドオドした様子がさびしかった。荒木大将の「八の字ヒゲ」は滑稽にしか思えなかった。こんなショボクレのおじさんたちが、あの戦争をはじめたのか！というのが少年の幼い感想だった。

まだ東条さんが威張っていた戦争中に子どもたちが歌っていた「愛国行進曲」の「みよ東海の空あけて」の替え歌、「見よ東条のハゲ頭…」も思い出していた。

子どもが傍聴できたのは、あとで思えば奇跡みたいだったけれど、その体験はぼくの精神に不思議な印象を残した。威張っている人に接していると、ショボクレたときの姿をどうしても想像してしまうのだった。

権力とか権威主義といった存在に出くわすと、ついからかいたくなってしまう性癖は、ハムレット少年から新聞記者への道に、どこかでつながっていたのかもしれないと、酔眼耄碌翁のいま、ふと考えてみたりするのである。

第四場　配役きまる

ガリ版刷りの脚本が完成して、クラス全員に配ったところで、いよいよ配役の決定である。配役は先生が指名して決めるのではなく、「ハムレット」とか「王の亡霊」などと先生が役の名前を読み上げると、みんなそれぞれに「ダレダレさん」などと声を上げる。まるで人気投票のような雰囲気になった。

ぼくは生意気にも、わが家にあった書物が出発点だから、ハムレットは当然オレだと信じていた。

ナイトパンもそのつもりだったのだろう。「ハムレットはタカフミだな」といいかけたとたん、女性たちから「キリンがいい！」という声が上がった。

「キリン」とは、背が高くてスマートさはクラス一番の人気者だった。運動神経が発達していて、野球部のピッチャーだった。

ナイトパンはちょっと困ったような表情になったが、ダンゴが「タカフミが脚本作ったんだから、タカフミだよ」と叫んだ。

といった一幕もあって、危うくぼくがハムレットになったのだが、あのときそうならなかったら、ぼくのその後の運命はどう動いたことだろうか。

キリンは結局、背の高さを買われて、ハムレットの父、先代の王の亡霊にされてしまった。ハムレットとしては、すまないような、気の毒のような気持ちで、この芝居において亡霊が果たす役割の重要さを、生意気な口ぶりで説いたものだった。

だって、亡霊の出現によって、この物語は動きはじめるのだから。亡霊が出てきて、息子のハムレットに、自分は殺されたのであることを告げ、復讐を命じることこそが、芝居の出発点なんだぜ、と。

いまぼくの書斎には、黒い額におさめた全紙大の銅版画がかけてある。ロンドンの大英博物館近くの銅版画専門店で購入した。

堂々たる鎧姿の亡霊が真ん中に立って、何か指示している。ハムレットがそちらに走り寄ろうとするのを、ホレイシオーが懸命に引き止めようとしている、第一幕第四場のドラマティックな情景である。

ハムレットはホレイシオーを振り切り、亡霊とともに霧の中に消える。そして亡霊に、恐るべき殺人の真実を告げられ、復讐を誓うのである。

たかが中学校の学芸会なのに、その後の運命、などと大げさに表現したが、ものが何といっても『ハムレット』である。

当時のぼくたちが、シェイクスピアを、そして『ハムレット』という戯曲のくり広げる世界の大きさ、広さを、どう理解していたのか、思い出すことはできそうもない。

なぜならば、そのあとの人生で、新聞記者としてロンドンで暮らし、シェイクスピアと『ハムレット』について、かなりの書物を読み、実際に芝居もいくつも観てきた。

だからこれから先、少年時代のこの芝居について思い出しながら語るにしても、それはもはや少年のそれではなかろう。

ハムレット役の少年が抱いたであろうハムレット像が、どのようなものであったか、じつはぼく自身もそれを知りたいのだが！　くたびれた脳裏に浮かんでくるのは、学芸会からあとの人生で体験した読書や観劇からの「引用」でしかない。

アルゼンチンの詩人、短編作家、批評家としてラテン・アメリカ文学を代表するJ・L・ボルヘス（一八九九〜一九八六）は、『語るボルヘス　書物・不死性・時間ほか』（木村榮一訳）で、こう語っている。

> ハムレットはもはや、十七世紀初頭にシェイクスピアが思い描いたハムレットではありません。（中略）ハムレットは何度も生まれ変わってきました。（中略）書物は読者によってより豊かなものにされてきたのです。

と語りながらボルヘスは、読者として偉大な文学者の名前を列挙する。いくら酔眼耄碌翁の妄想とはいえ、ここに割りこむつもりはないけれど、タカフミ少年だって酔眼耄碌翁だって読者であることに違いはない。

少年時代から翁の時代まで、何度となく読んできたのだから、この貧しい読書によっても、ハムレットは何度か生まれ変わったはずであるといいたい。

タカフミ少年の精神の奥にひそんでいた、ささやかな「戦争体験」も、ハムレットを生まれ変わらせる小さなエネルギーになったかも知れない。

昭和二十（一九四五）年、「玉音放送」の少し前ごろだったか、近くの旧制・浦和高校の運動場に十人ほどのアメリカ兵捕虜が連れてこられた。どこかで撃墜された米軍大型爆撃機の乗員たちだったらしい。大勢の野次馬が取り囲んで石を投げたりしたが憲兵に止められていた。

野次馬精神いっぱいのタカフミ少年は、もちろん最前列にもぐりこんでいた。裸足で、汚れたパンツ一丁はいただけの、裸同然の姿だった。食い物は朝から晩までサツマイモばかり。いつも空腹で屁ばかりこいていた。

ヨレヨレの浴衣を着た老人が、いきなり演説をはじめた。「見ろ！　アメ公はついに男の兵隊が足りなくなって、女まで狩りだしてきた。もう日本の勝利は間違いないぞ！」

栄養不足のイモ腹の野次馬たちは、ただ静まりかえっているばかり。だって地面に座らせられている捕虜のなかに金髪の女性が一人いたけれど、みんな栄養満点、血色のいい顔で、だれもが革のジャンパーを着ている。

「日本の勝利は間違いなし」もヘッタクレもないことは歴然としていた。

さて、ぼくは配役が決まるのを見ながら、登場人物の個性と、その役を振りあてられた級友の特徴を比較しながら、ひそかに楽しんでいた。

ハムレットの親友ホレイシオーには当然ながらぼくの親友ダンゴがなった。

ダンゴは毎朝かならず迎えに来てくれるのだった。そのたびにぼくは支度が遅くて、なかなか玄関に出て行かないのに、辛抱強く待ってくれていた。

ぼくのわがままにも、よく付き合ってくれたものである。その最たるものは、大学時代のことだが、いきなり白馬岳に連れ出したのである。なんでそんなことになったのか、記憶はあまりないのだけれど、ともかくぼくは白馬岳の雪渓を歩きたくなったのだ。しかも梅雨の季節に、である。

山の体験は、その少し前に早稲田大学サッカー部の仲間と尾瀬沼をテントで旅したことがあるくらい。そのテントをかついで白馬岳に行ったのだ。

ダンゴは、「よし、行こう！」と答えてくれた。雨の雪渓を登り、山小屋の近くでテントを張った。テントの中を雨水が流れていた記憶だけが鮮明である。雨の山頂に立ち、よくも無事に帰って来られたものだ。

「ホレイシオー」にはまことに申し訳のない「ハムレット」のわがままだった。いまさら詫びることもできない。とうの昔、白馬岳なんかより、はるかに高いところに行ってしまったのだから。

オフィーリア役は難航した。ハムレットのぼくが、女性の配役を嫌がったからである。いま思えばバカなことをしたものだと思うけれど、セリフに「愛の告白」があるのが嫌だったのである。

「以前は汝を愛しいと思ったこともある」なんて同級生の女に言えるものか！

気になる女性は何人かいたのだし、サッカーの選手だったから、それなりにもてていたつもりだったが、もっぱら妄想センモンで、女なんかに関心はないようなフリをしていたのである。つまり、一種の演技者だった。偽悪者といってもよかった。

そこできゃしゃな体の「ヒョロ」が女形でやることになった。もちろん、シェイクスピアの時代に女優はいなかったことなんか、知らなかったけれど。

オフィーリアの父で侍従長のポローニアスになったのは「坊主」だった。背がヒョロ高くて、何についてもひとこと、つまり一家言あり、下手な駄洒落が得意だったあたり、侍従長にピッタリだなと思って愉快だった。

第四幕　さあ本番だ！

「クオ・ヴァディス・ドミネ？（主よいずこへ行きたまう）」

（シェンキーヴィッチ『クオ・ヴァディス』木村毅訳）

第一場　鉢巻きしめて

勉学はともかく、公私ともになかなか忙しい中学生だった。学科では早くも得手・不得手が明確になっていた。はるかあとのこと、同級会の席である女性が思い出を語った。転校生だったのである。

はじめての授業で先生が、「民主主義とは何か？　ひとことで言える人いるかい」と問いかけたら、クツワダさんが元気良く手をあげて、「主権在民！」と叫んだ。

こんな凄い人たちと、私やっていけるかしら？と不安になった。ところが算数の時間になったら、クツワダさんは〇点！　安心したのよ。

新任の先生は、「学級委員をしているような人で〇点の人がいた。困ったものです」と苦言を呈した。

そこでぼくは「報復」を考えた。オデコが広く、しかも前に突き出ていたので、「火星人」と命名した。もちろん、級友たちは黙って承認してくれた。以来だれもがこの先生を「カセイジン」と呼ぶようになった。

美術班としては、群馬県にある神津牧場のバンガローに泊まりがけで写生旅行に行ったことがある。明治二十（一八八七）年、日本で最初の洋式牧場として開設された歴史的なところである。

そのとき雨の牧場を描いた拙い油絵が残っているけれど、記憶に鮮明なのは、水泳の古橋廣之進がロサンゼルスの全米選手権で自由形の四〇〇・八〇〇・一五〇〇メートルで世界新記録を樹立したことだ。

昭和二十四（一九四九）年の夏の夜、宿泊客みんながラジオを聴きに牧場の事務所に集まった。敗戦日本がまだ世界に認められていない時代の快挙に、ぼくたちは夜中の牧場で「バンザイ！」を叫んだものだ。

サッカーの練習もしっかりやっていた。ボールも少なく、運動靴や裸足だったけれど、みんな鉢巻きをしめて頑張っていた。そのころは鉢巻きが当たり前だった。中央の大学チームでも、昔は鉢巻きスタイルがもっぱらだった。

大正十（一九二二）年秋、帝大、高師、商大、早稲田のサッカーマンが集まって、カレッジ・リーグの結成について話し合ったときに、「ボールは各校必ず持参のこと」「暴風雨でもないかぎり決行のこと」などを決めたが、もうひとつ「鉢巻きはやめること」というのもあった。

昔のサムライみたいで、世界スポーツのサッカーにはふさわしくないから、もうやめにしよう、ということになったらしい。

ぼくたちの鉢巻きは、昔の名残なのであった。父が撮影していた貴重な写真があるけれど、ぼくは坊主頭まる出しだが、相手の選手は鉢巻きだ。

父は早稲田大学蹴球部の草分けであった。すでに述べたことだけれど、日本サッカーのオリンピック初参加だった、昭和十一（一九三六）年のベルリンオリンピックには特派員として出かけて、対スウェーデン戦の奇跡の逆転勝利を記事にした。ぼくが鉢巻きをしていなかったのは、父の薫陶のせいかも知れなかった。

ナイトパンはサッカー部の部長ではあったけれど、サッカー経験はない。そこでわが家の近所にいた埼玉師範附属小の先輩であり浦和中学（旧制）サッカー部ＯＢの大谷東洋さんにコーチをお願いした。

すごく理知的な雰囲気の人で、「東洋」という名前が印象的だった。子どもにそういう名前をつけるような、知的な家族だった記憶がある。

その家のすぐそばには、明治大学の経済学部長の屋敷があり、はるかのちに知ったことだけれど、イギリスの作家ミルンの童話『クマのプーさん』の翻訳で知られ、児童文学『ノンちゃん雲に乗る』の作者である石井桃子の実家もすぐ近くにあった。

浦和とはそういう土地柄なのである。ブリティッシュなサッカーが浦和を代表するスポーツになったのも多分、そのような土地柄のせいかも知れないと思う。

さて東洋さんのコーチだが、いまでもぼくのこころの奥に、鮮烈に生きている教えがある。それはこうだ！

「タカフミ君！　上手になろうとして練習するんじゃないよ。同じ失敗を、何度もくりかえすことのないように練習を重ねる。それが練習の目的だよ！」

「体の小さな君は、いつでも相手よりも先に行動を起こさなくてはならない。想像力を働かせて先を読むのだ」

うんと小柄の人だったけれど、敏捷に激しく動き、いろいろな技術を明快な論理的な言葉で教えてくれたのだった。

そうか、サッカーというスポーツでは、先を読む想像力とともに、練習もとても大切な要素なのだなと、ハムレット少年は、こころに刻みつけたのであった。

チームワークなどというと、人はすぐに精神論に結びつけるが、自分の考え、ねらいなどを的確な言葉で説明し合って、互いに納得するところからチームワークは生まれるのである。

練習とは、上手になるためにする作業ではなく「同じ失敗をくりかえさないために、練習を重ねる」のだ。まさに至言なのであった。

浦和高校に進学して、サッカーの全国優勝を二回も経験し、早稲田のサッカー部では、プロサッカー「Jリーグ」の創設者・川淵三郎などとともに関東大学サッカーリーグ四連覇を果たした。

リーグで最も小さな選手だったぼくが、学生選抜に選ばれたりしたもとは、みんな浦和の「隠沼」である別所沼を見下ろす丘にある中学校の校庭で、東洋さんに教えられたことにあったのである。

サッカーが、奔放な想像力を働かせるスポーツであるように、シェイクスピアの『ハムレット』もまた、演じる人、観る人、読む人に、奔放な想像力の駆使を求めてやまない。シェイクスピアの戯曲四十作品のなかで主人公のセリフが最も多く、長いのが『ハムレット』なのである。

言葉で復讐を誓い、言葉で迷い、悩み、言葉で決意するのである。

第二場　ローレンス・オリヴィエ

さあ、配役も決まった、脚本もダンゴと二人で作った。ガリ判刷りで仕上げて、読み合わせもした。しかし、どんな衣装で、どんな具合に演技すればいいのか？

チャンバラ映画や西部劇はよく観ていたけれど、異国の、しかも大昔の時代劇である。セリフはどんな調子でやったらいいのか、動いたらいいのか？

困り果てていたときに、「ホレイシオー」、すなわちダンゴの、大学生の兄が朗報をもたらしてくれた。

数寄屋橋のたもとにあった朝日新聞社の隣にある映画館「ピカデリー劇場」に、イギリス映画の『ハムレット』がかかっているぞ、というのである。イギリスの名優ローレンス・オリヴィエがハムレット役で、監督でもあった。白黒スタンダードの映画であった。

ぼくとダンゴは、興奮した。国電の北浦和駅から有楽町駅まで、下駄の音も高らかに駆けつけたのである。

電車には「進駐軍専用」という車両がまだあったような気がする。「進駐軍」とは「占領軍」のこと。つまりアメリカの兵士だけが乗れる車両がついていた。ほかの車両は満員なのに、専用車だけはいつもすいていた。兵士たちの彼女、そのころの俗語でいえば「パンパンガール」も乗っていたけれど。

「占領軍」を「進駐軍」といったり、戦時中には「退却」を「転進」といいかえたり、思えばシェイクスピア的な「言葉遊び」が、なかなか盛んなお国柄のなかにぼくたちは育ってきたのである。

ピカデリー劇場のあのときの「銀幕」のまぶしかったことが、いまも記憶に残る。ハムレットの金髪、黒のタイツに、フワリと袖のふくらんでいる上着……。

戦後最初の英語の教科書『Jack & Betty』の英語力だったけれど、「To be, or not to be」は聴き逃さなかった！　そうか、あのようにさり気なく語るのか！

わが脚本では、「存《なが》ふるか、存へぬか？　それが疑問ぢや」ということになる、重要な場面なのである。かくして、われらが『ハムレット』は、ローレンス・オリヴィエ「演出」の舞台となったのである。

さて、衣装も身振りも、映画のようにやることになったけれど、衣装が大変だった。まだ戦後の復興期だったから衣料品も乏しい。ましてや洋風のものなんかない。タイツなんて見たこともない。

ハムレットは考えた。思案のすえ、親父の股引きに目をつけたのである。白い木綿の、タイツみたいなのがあったはずだ。

着古して色は真っ白とはいかなかったし、いささかだぶついて、膝は丸くなっていたけれど、まあ、タイツのようには見えるはずである。歩くたびに、前がパカパカ割れるのが難点だったが、何とかサマになるだろうと思いこんだ。

父王の亡霊役のキリンは、やはり彼の親父さんの和装の喪服を頭からかぶった。背が高いから、まあ亡霊の雰囲気にはなった。オフィーリアは、白いテーブル・クロスを頭にかぶった。嫌がったけれど、口紅をぬった。

ローレンス・オリヴィエ主演映画『ハムレット』のポスター

最後の場で、ハムレットと、侍従長ポローニアスの息子でオフィーリアの兄レアティーズが剣の試合をする。その剣は、級友の女子の町工場をやっている父さんが作ってくれた。れっきとした金属製で、まるでフェンシングの剣のようだった。

映画では、この芝居の舞台は荘重な石造の城だったので、美術班の舞台装置係が活躍した。画用紙を縦に何枚もつなぎ合わせ、水彩絵具で陰影をつけて石柱のような立体感を漂わせて、何本か背景にぶら下げたのである。講堂の隙間風で揺れる柱だったけれど仕方がない。

先生のナイトパンが、脚本を手に、おおまかな動きを指示してくれたような記憶が残るが、多くは、映画を観たぼくとダンゴがオリヴィエの動きを思い出しながら、全体を主導していったのではなかったかしら。

男女共学だから四十人ほどの学級の半分は女性だった。女性にあだ名をつけるのは、さすがのぼくも苦手だった。姓を、たとえば「キムラさん」というように呼ぶのは、なぜか気恥ずかしかった。異性のことを十分に意識しているくせに、だからこそまったく無関心であるかのように振る舞っていたのである。

そう振る舞いながらも、気持ちの深いところでは意識していることを、匂わせないようにしなければならない。「演技」する少年だったのである。

太宰治の『思ひ出』に、三年生になったころ、登校の道すがら橋の欄干にもたれかかってぼんやりしていたときにも、誰かが見ているような気がして、いつでも何かの態度をつくっていた、というくだりがある。

これを読んだとき、太宰の多くの読者がきっとそうだったろうが、アッ、オレもそうだったと思った。「いつでも何かの態度をつくる」とは、すなわち「演技」である。

少年とは、本質的に「演技」するニンゲンなのである。成長とは、そのような「演技」から、次第に馬脚を露わしてゆく過程をいうのだろう。

さて、それはともかくとしてハムレットとホレイシオーは苦肉の策を考えた。それぞれの父親の名前を、あだ名のかわりにしたのである。

ＰＴＡの名簿で調べたら、キムラさんの父親は「クマキチ」という名前だった。そこで、彼女を呼ぶときには「おーい、クマキチさん！」と呼ぶし、男どうしで彼女を話題にするときにも、「クマキチ」と呼称したのである。

もちろん彼女たちは嫌がったけれど、次第になれていった。八十五歳になったいま、彼女の姓は忘れても、「クマキチさん」の方はちゃんと出てくるのだ。

オフィーリアもハムレットの母親も、女形でやった。シェイクスピアの時代には女優はまだ存在せず、舞台では少年が女性を演じていたのだから、わがナイトパン一座は十七世紀のロンドンの舞台を、別所沼のほとりに登場させたことになるのだ！

そのかわり女子たちには、終幕の場面で、「アベマリア」を合唱してもらうことにした。ピアノの伴奏つきだ。

悲劇『デンマークの王子ハムレット』は、「クマキチさん」たち二十人のコーラス「アベマリア」で幕を閉ざすことになった。それは悲劇にふさわしい幕切れになることだろう。

第三場　主よいずこへ行きたまう？

サッカーは東洋さんのコーチによって次第にサマになってゆき、『ハムレット』も上演の日が迫ってきたが、「ハムレット」と「ホレイシオー」は、美術班員でもあるので、なかなか忙しいのであった。

というのは、図工科の部屋の壁に壁画を描くという。プロジェクトもあったからだ。ある日、ナイトパンがぼくらにこう声をかけてきたのである。

「図工科の白壁に壁画を描いたらどうだろう？」というのである。

なるほど、あの部屋の壁は真っ白で、しかもかなりの広さがある。幾日も前にナイトパンがガラリと図工科の部屋の窓を開けて大声で「タカフミー、ハムレットをやろう！」と声をかけてきた、その「はじめにことばありき」の部屋の壁に壁画である。

ハムレットもホレイシオーも、もともと好奇心まんまんだ。ナイトパンの提言にすぐにのったのである。

畳でいえば三畳分ほどはある。チマチマしたものを描くより、何か大きな主題をドカンとすえたらいい。先生と三人で、あれこれ考えた。

ぼくはいきなり、こう提案した。「デューラーという大画家の作品で、四人のおっさんが何やら真剣に相談している絵がある。キリストの四人の弟子で、一人はペテロという名前なんだ！　これは面白いよ」

先生もホレイシオーも黙りこんでしまったのである。その表情には、「何でお前がそんなこと知っているんだ？」といったように、「？」が大きく浮かんでいた。ぼくはあわてて説明をはじめた。

父の書架には『ハムレット』はもちろん、さまざまな書物が並んでいた。漱石の『吾輩は猫である』もそう。拾い読みで結構楽しんだ。そのなかに、箱が茶色に変色している、『クオ・ヴァディス』という分厚い本があったのである。

昭和三（一九二八）年発行の世界文学全集第二十五巻、木村毅訳の古い書物で、作者はシェンキーヴィッチという名前だった。「ヴァディス」ではなく「ヴディス」と表記されていた。表紙には色つきの絵があって、王様らしい服装の人物が楽器を手にして、何やら演じているところらしい。

開くと、「序」があって、「波蘭公使館　ドクトル・ヤン・フリーリング」という署名で、いきなり、「日本の大衆諸君に、十九世紀末葉から二十世紀初期へかけての波蘭作家の事をお話しするのに、波蘭の歴史に就いて一言も觸れないのは誤りであらう」と呼びかけてくるのだった。

波蘭はポーランドのことだなと見当をつけて読みすすんでみると、何だか血沸き肉踊るような情熱的な「序」文なのである。

> 波蘭の隆盛なる勢力を羨望して、その三隣國なるロシア、プロシア、オーストリアは同盟して波蘭の獨立を剝奪しようと努むるに到った。（中略）國家は滅亡した、併し國民は生きてゐた。（中略）日本の諸君に、自由を奪はれたる國民の生活が如何なるもの

かを理解していただく事はむづかしい。波蘭の兒童が自分たちの國語で祈りをしたり話したりすれば、血が出るまで打擲されたという事を、信じていたゞくのは不可能である。

ポーランドの過酷な運命と、それに抗う国民の闘いの歴史を熱情的に説いたあと、そのような闘いのなかで、国民を励ますために書かれた小説『クオ・ヴディス』は、ローマの暴君ネロの時代に於ける初期キリスト教徒の殉教を描いた物語である、と教えてくれる。

この翻訳書が出版された昭和三（一九二八）年の日本にはすでに治安維持法というものがあって、思想・言論・表現の自由は厳しく制限されていたし、日本はとっくの昔に朝鮮を植民地にしていた。

そんな時代の日本人にむかって、ポーランド公使は、自由を奪われた国民の生活がどんなものか、日本の皆さんは理解できないでしょう、と呼びかけているのだ。

ポーランド公使の熱情的な序文は、日本国民に訴えていたのである。これでは、まるで日本批判じゃないか、とビックリしながら、その熱情的な内容にうながされて読みはじめると、これがまたとびきり面白い。

暴君ネロの奇怪なる暴虐ぶり、貴族ペトロニウスの生活ぶり、美女あり、闘いあり、権謀術数ありの波瀾万丈に夢中になった。

詩人のつもりであるネロは、自分の詩を完成させるためには、どうしたって大火を目撃しなければならないと思いこむ。そのために、親衛軍司令官に命じて、ローマを炎上させる。そして、放火したのはキリスト教徒たちであると言いふらすのだ。

高校生になったころ、ロバート・テイラー主演の映画を観たが、超大作の娯楽映画で、暴君ネロになった俳優ピーター・ユスティノフの怪演が印象的だった。

小説では特に、書名になった「クオ・ヴァディス」という言葉が登場する場面に魅了されたのである。

ネロの暴虐がキリスト教徒に及んできたとき、キリストの弟子であるペトロはローマを脱出して街道を急ぐ。するとキリストが出現する。驚いたペテロは、ラテン語で「クオ・

ヴディス・ドミネ？（主よいずこへ行かれるのですか？）」と問いかける。そしてイエスは答えるのだ。

「お前がわたしの民を捨てるなら、わたしはローマに行ってもう一度、十字架にかかろう」

　ペテロはローマの信徒のもとに戻り、布教をつづけるのだった。やがて殺される。殉教したのである。

　この有名な場面は、はるかのちに読んだ、エミール・マール『キリストの聖なる伴侶たち』（田辺保訳）という、キリストの弟子たちの伝説が、どのような図像におきかえられたか、を詳細に論じた書物にも登場する。

　アルデアティナ街道がアッピア街道と出会う地点まで、聖ペテロがやってきたとき、イエス・キリストが姿をお見せになり、そして、聖ペテロとのあいだに、次のような対話が交わされた。（中略）「ドミーネ・クオ・ヴァディス――エオ・ロマム・イテル

> ム・クルキフィギ」——これを翻訳すれば、次のようになるだろう。「主よ、どこへ行かれるのですか。」——イエスは言われる。「わたしは、ローマへ行く。もう一度、十字架にかけられるために。」そう言って、姿を消された。けれど、敷石の上には、主のみ足のあとが、くっきりと印されて残っていた。（中略）聖ペテロは、自分の弱さが恥ずかしくなり、ローマへと戻り、ふたたび囚われの身となって、総督アグリッパのため、断罪され、十字架刑に処せられた。

この描写に続いて、「イエス・キリストと聖ペテロとのこの美しい出会いは、たいへん古くにさかのぼりうる伝承であって」とこの書物は記す。

タカフミ少年は、もちろんこんなに詳しくは知らなかったけれど、ポーランドの小説の凄いこと、面白いことを、先生とホレイシオーに、説明したはずである。きっと、拙い説明であったに違いないけれど、ともかく先生とホレイシオーは賛成してくれた。

ぼくは「波蘭公使」の熱情あふれる「序」にこころ揺さぶられて、『クオ・ヴァディス』を読み、キリストの弟子ペテロに出会ったのである。

　国家は滅亡したが国民は生きていた。日本の人びとは、自由を奪われた国民の生活を理解することはできないだろう。児童が自分たちの国語で祈り、話をすれば血が出るまで打ちすえられるのだ！

　ポーランド公使の、日本は朝鮮を植民地にしているではないか、自由を奪っているではないか、と言わんばかりの激しい「序文」に、少年はこころ揺さぶられたのである。

　昭和三（一九二八）年の日本！　治安維持法の日本！　朝鮮を植民地にしている日本！

　そして、太平洋戦争の末期に、夏休みの宿題に、戦争の想像画ではなくて風景画を出したら、「非国民！」と怒鳴られて往復ビンタを食らったタカフミ少年！

　ペテロはガリラヤ湖畔の漁師だった。イエスの十二使徒の筆頭で、イエスに可愛がられたが、動揺しやすい性格で、イエスが捕らえられたとき、イエスとのかかわりを否定したこともあった。

そのペテロが、ドイツ中世の大画家デューラーの作品に登場していると、どこで、どうやって、ハムレット少年は知ったのだろうか？

第四場　「言葉」との出会い

ドイツ・ルネサンス絵画の頂点に立った画家デューラーについては、すでに第一幕で、大英博物館にある、別所沼の風景そっくりの水彩画のところで語っている。

宗教的な主題を中心に、木版画、銅版画などにも多くの優れた作品を残した。宗教的主題の代表作が、ペテロの登場する「四人の使徒」なのである。

とはいえ、ぼくは、どうやって、そのことを知ったのだろうか?

西ドイツ（当時）・ミュンヘンの美術館アルテ・ピナコテークで、この大作の前に立つのは、中学生だったころから二十年以上ものちの「第二十回ミュンヘンオリンピック」に、特派員としてのぞんだときだった。

ほとんど等身大のペテロを見上げながら、ぼくは壁画の作業を思い出していた。あのとき、ぼくとダンゴは、これを描こうとしたのであることを。しかし縦二メートル以上もあるそれは、あまりに巨大だった。

そうだ、多分、わが家にあった、たとえば『アトリエ』といったような美術誌で見たのだろう。それはカラーではなく、モノクロの小さな写真だったに違いない。

小説『クオ・ヴァディス』で、「序文」にこころ打たれ、ペテロに出会ったあと、ぼくは、死が待っているローマに戻っていったペテロが忘れられずに、ただひたすらペテロを描きたかったのだ。

そのころ、「四人の使徒」について説明してくれる文書を読んだ記憶はない。この作品が、どんな意味を持っているのか、そもそも四人は何をしているのか。

ぼくはほとんど何も知らないままに、先生とダンゴを説得したはずだった。だから、いまここで述べていることのほとんどは、はるかあとに、人生のあちこちで読んだことばかりなのである。

デューラーは、ニュルンベルグの市民に、正しい信仰の姿を示すために、この大きな板絵の制作を思い立ったのである。一五二六年に完成した絵は、同市の市庁舎会議室に掲げられた。しかし百年後に、バイエルン選帝侯マクシミリアン一世の命令で、ミュンヘンに移されたのだという。

そのおかげで、一九七二年のミュンヘンオリンピックに特派されたぼくが、実物を目にすることができたのである。

巨大な作品を見上げて、呆然とした。ぼくは、なぜ、こんな凄い絵を図工科の部屋の壁に描こうとしたのかしら？

縦二メートルを超える絵は二枚あって、左側にはヨハネとペテロ、右側にはパウロとマルコの、ほとんど実物大の立ち姿が、それぞれ描かれている。

ヨハネは髭なしのさっぱりした表情だが、ペテロはハゲ頭で鼻の下もあごも髭で覆われている。そしてヨハネか手にしている書物の、開かれているページを、ペテロがのぞきこんでいるのである。

そのページには文字が書かれている。何と書かれているのかを知ったのは、さて、どこでのことだったのか？

その記憶は濃い霧に包まれてしまっているのだけれど、こう書かれているのである。

はじめに言葉あり、言葉は神とともにあり、言葉は神なりき。

『ヨハネ伝福音書』冒頭のこの言葉を、ぼくはもう何度もくり返してきた。

壁画は「四人の使徒」の模写にしようと主張したのは、この事実を知っていたからだろうか？

それは違う。ただひたすらに、小説『クオ・ヴァディス』の、ポーランド公使の激情の「序文」と、波瀾万丈の物語の感動に突き動かされたのがきっかけだ。

どこかで、いつの間にか、この言葉がぼくのこころに入りこんできて、ついにはぼくの人生は、「はじめに言葉あり」ということに揺り動かされるようになっていったのである。きっと、そうだ。

「言葉は神とともにあり」の神は、ぼくの場合は別所沼という「隠沼」の神だった。

神は「沼の神」ではあったけれど、「タカフミー、ハムレットをやろう！」という先生の言葉によって、「言葉、言葉、言葉」の芝居『ハムレット』へと導かれ、その「ハムレット体験」が、言葉で社会と切り結ぶ新聞記者への道につながっていったのである。

いささか怪しい「きれいごと」にまとめれば、そんなことになるのだろう。

ところで、ミュンヘンではデューラーの作品「四人の使徒」に出会っただけではない。パレスチナ・ゲリラによるイスラエル選手団襲撃事件という修羅場にも出会ったのだ。

一九七二年九月五日、パレスチナ・ゲリラ組織「黒い九月」が選手村のイスラエル人宿舎を襲撃して、二人を射殺し九人を人質にした。

空港へ移動したあと西ドイツ官憲と銃撃戦となり、人質全員、ゲリラ五人、警官・ヘリコプター操縦士各一人が死亡した。

現場に駆けつけ、覆面をしたゲリラの姿を間近に目撃して、これもまた「言葉」にしなければならなかったのである。

この事件のとき、かつて『ハムレット』上演のとき、ローレンス・オリヴィエの映画が公開されていることを教えてくれたダンゴの兄さんも、他社の記者として現場にいたのである。

ダンゴ、すなわち「ホレイシオー」が登場したのをきっかけに、時間を二十年以上もさかのぼって、別所沼のほとりの丘の上の中学校に戻ろうではないか。

『ハムレット』の作業が進む一方で壁画作業は難航していた。脚立に上って、白い壁面に鉛筆で下書である。

しかし、大きさの感覚をつかむのが難しかった。だって「四人の使徒」の現物を見るのは二十年以上もあとのことなのだから！

ヨハネを終えて、ペテロの顔にかかったあたりで中断である。『ハムレット』上演の秋の学芸会は迫ってくるし、サッカーの練習だって東洋さんの指導は厳しさを増してくるのだ！

ハムレット少年のポジションはＦＷ（フォワード）のＲＷ（ライトウイング）であった。

昨今のサッカーとポジションの名前はかなり異なっているけれど、RWの役割は、右のタッチライン沿いに縦に突っ走って、守備陣を右に引き寄せる。そこで中央にセンタリング（昨今ではクロスといっている）のボールを入れて、ゴールをねらう。

①先ず真っ直ぐにドリブルで突破しよう。②同時に味方の攻撃陣の位置を見定めて、③そこにクロスのパスを送ろう。

RWの基本的な動きとネライを、ぼくはこのように三段階に分類して考えてみた。シェイクスピアにも、これとよく似た「行動の段階」というのがあるなんて、知るべくもなかったのだが。

シェイクスピアの「行動の三段階」というのは、こうである（河合祥一郎『謎解き「ハムレット」名作のあかし』）。

何かを思いつき、それを想像して、実行に移す。

このような「行動の三段階」は、ハムレットのセリフのあちこちに現れている。たとえば、独白で自分を罵るときの言葉だ。

自惚れ強く、復讐を狙う野心家で、あまりに多くの罪を抱え込んでいる。その罪を思いつく頭も、具体化する想像力も、実行に移す時間も足りないほどだ。（第三幕第一場）

もちろん、ハムレット少年にこのような自覚も認識もありはしなかったけれど、幼い思考と経験の積み重ねによって、いつの間にか、『ハムレット』とサッカーは、少年の内部でひそかにひとつになっていった。

特に、言葉と思考と想像力についてである。幼い思考力ではあったけれど、言葉と想像力を合わせ持っている動物は、人間をおいてほかにはなさそうだ、などと考えてみた。

寒い朝、登校の途中で、屋根で日向ぼっこしている猫をうらやましがって、「おい、どうなんだ？」なんぞと語りかけたりしたこともあるけれど、もちろん答えはない。

そのとき「考える」ことを止めてみようとも考えて、試してみたけれど、「考えることを止めよう」と考えてしまうのだ。しかも、それすべて言葉で考えているのだ。

あれこれ問いかけたが、答えのないことを理由に、言葉と想像力、つまり「考える力」は、オレにはあるが、お前にはない！と勝手に断定して学校に向かったのである。

それすべて「演技」であった。「考える」のも演技だった。考えている自分を、アタマの奥のもうひとりの自分がじっと見ているのであった。

第五幕

「空寂」と「沈黙」

沈黙の中味は　すべて言葉

（『自選大岡信詩集』の「初秋午前五時白い器の前にたたずみ
谷川俊太郎を思つてうたふ述懐の唄」より）

第一場　『ハムレット』を観る

『デンマークの王子ハムレットの悲劇』のほんとうの舞台である、デンマークの街エルシノアのクロンボルグ城をはじめて訪れたのは、昭和四十六（一九七一）年秋、昭和天皇ご夫妻のヨーロッパ旅行の直前であった。事前に、ご訪問予定地を下見して歩いたのだった。

その城から海峡をはさんで、スウェーデンの街ヘルシングボリを眺めたときのことはすでに述べた。このクロンボルグ城で『ハムレット』を上演したら凄いだろうな、と想像したが、一九三七年には史上はじめてここで上演されているのである。しかも、ローレンス・オリヴィエである。

二十世紀のイギリスを代表する劇評記者であったJ・C・トレウィンの著書『ハムレット劇場』（島川聖一郎訳）によれば、大気はどこまでも澄みきって、スウェーデンの海岸線もくっきり見えていた。もの音といえば風のそよぎにも似た波の打ち寄せる音だけだった、という。

新聞記者になったハムレット少年は、昭和天皇ご夫妻のご旅行のあとロンドンで一年有余暮らすことになるのだが、本場で『ハムレット』はもちろん、いくつもの芝居を観劇した。

しかし、最も集中的に『ハムレット』を観たのは平成二（一九九〇）年だった。

当時、朝日新聞の論説委員として夕刊一面の最下部にあった極小のコラム「素粒子」を毎朝ひとりで執筆していた。

令和三（二〇二一）年現在も「素粒子」という名前のコラムはあるけれど、掲載の場所も字数もネライも文体も異なっている。

歌謡曲、童謡、昔の小学唱歌、古典文学、名言などのモジリをまじえて、政治や世相の風刺をもっぱらとしていた。つまり、シェイクスピアの「言葉遊び」気取りだったのだ。ハムレットが新聞のコラムニストになったなら、という誇大妄想的な見立てでもあった。たとえば、当時、国会では自民党政権がつづいていて、社会党など野党が対抗しても数の力で押し切られてしまう。そこで、法案などの賛否を問う国会の投票で野党は、議席を立って壇上まで歩くのを超ノロノロ歩き、名づけて「牛歩戦術」で時間切れをねらう戦術をしばしば採った（現在、参議院ではボタンを押す方式になってしまったけれど）。

そこでぼくは、フランスの詩人ヴェルレーヌ（一八四四〜一八九六）の、「巷に雨の降る如く……」をもじって書いた。

巷に牛丼がある如く、わが国会にも牛歩ある。かくも心に滲み入るこの悲しみは何ならん。

すると作家、丸谷才一さんが朝日の「メディア」欄で、苦笑しながら近ごろの憂鬱を上手にはらってくれるのはこのコラム、と書いてくださった。

大昔の自慢話で恐縮だけれど、そのような「素粒子」を執筆していたころの平成二（一九九〇）年、ぼくはモスクワ、プラハからベルリンに向かい、十月三日午前零時、東西ドイツが統一された瞬間を、ベルリンのブランデンブルグ門の百万の群衆とともに迎えた。「東ドイツ」という共産主義国家は、ベートーヴェンの第九交響曲の演奏とともに消滅した。

　大群衆の、どこからともなく次々に回ってくるシャンパンをラッパ飲みした。翌朝の二日酔い！　中学生時代の、貧しい「ハムレット経験」によって、言葉で社会と切り結ぶジャーナリストの道を、ヨロヨロと歩んできたおかげで味わうことのできた「歴史的な二日酔い」であった。

　そこで「素粒子」に、「ドイツ国民もみんな凄い二日酔いに苦しむだろう」と書いて東京に送った。「喜びのあとに、統一にともなう苦難がつづく」という意味をこめて。

　この年の日本の演劇界は『ハムレット』ラッシュで、海外からの来日公演六本をふくめて十七本のハムレット物が上演された。ぼくは海外もの三本を観たが、どれも時の国際情勢やそれぞれの国内情勢を反映していているようで面白かった。

　ソ連（当時）のリュビーモフの演出では、あの「To be, or not to be」をハムレットが独白すると、王も王妃たちも全員がそれに唱和して、同じ言葉を合唱するのだった。

ソ連も世界も、「このままでいいのか、いけないのか？」と揺れ、迷い、動揺していた。

ソ連は一九九一年十二月、消滅した。消滅直前の『ハムレット』だったのである。

　ポーランドのアンジェイ・ワイダ演出は、ハムレットを演じたのはポーランドの有名な女優テレーサ・プジン・グジャノフスカで、しかも舞台を裏側から、つまり楽屋側から見せる趣向であった。

　社会主義政権の裏側、楽屋のなかを、鋭く見つめる視線をぼくは意識していたが、なるほど『ハムレット』という芝居は、自由自在に演じることができるのだなあ、と深く感じいった。

『ハムレット』は、上演のときの、時代の様相を映し出す鏡でもあるのだ。

　演劇評論家、大場建治さんは『シェイクスピアを観る』で、そうした古今の名場面を鮮やかに再現して、解説してくれるが、当然ながら、クツワダ少年たちの『ハムレット』は影もカタチもない！

何を、どう演じたのか、も思い出したいけれど、もっと大切なのは、クツワダ少年はハムレットのどこにひかれていたのだろうか？　彼をどんな人間として受け止めていたのだろうか?といったところを思い出したいのだが、難しい。当時、坪内逍遙訳を読んだ、といったところで、筋を追うのがやっとだ。

正しい読み方も誤読もありはしない。時代も、読む人もかわれば、あらゆる文章は、読まれ方もかわるだろう。前にも語ったけれど、『ハムレット』の読まれ方、観られ方は、昔と今ではすっかり変化している。

つまり、『ハムレット』は永遠に未完成なのである。タカフミ少年たちは、たとえ誤読だろうと拾い読みだろうと、未完成という名前の完成に参加したのである。

第二場　叫ぶハムレット

中学生だったぼくとダンゴは、長大な戯曲を三十分ほどにまとめるにあたって、「名文句」を中心に組み立ててみようという苦肉の策を考えだした。

ガリ版で刷った「脚本」を皆に配ったのだが、ハムレットのセリフが圧倒的に長いのである。

酔眼耄碌翁と自称しているいまだったら、まったく不可能にきまっているけれど、少年時代の記憶力はなかなかのものだったらしい？

ああ、それにしても、あの脚本が残っていたならば、早稲田大学の演劇博物館ものだなあ！と愚考しながら、懸命に思い出そうとしているのである。

別所沼の水面を秋風が渡りはじめて、いよいよ公演の時がきた。旧女子師範学校の木造の古風な講堂で、午前が、ＰＴＡの父兄会、午後が生徒たちの二回の公演だった。

　午前の部は、和服や背広姿の父兄たちで、講堂が一杯だった記憶がある。となれば日曜日か祭日だったのかしら。ともかく、父兄会の熱心な学校だった。

　父兄会といえば、この講堂で、当時の日本を代表するヴァイオリニストである諏訪根自子《すわねじこ》の演奏を聴かせてもらったことがある。たしかPTAのメンバーの中に音楽家の一族がいて、その力ぞえで一流の演奏家が、中学校に来てくれたのだった。

　生憎の豪雨で雨音に妨げられたけれど、ほんものの一流のヴァイオリン演奏というものに触れたという感動の記憶は鮮明である。スペインの演奏家にして作曲家のサラサーテの、情熱的な「チゴイネルワイゼン」もあった。

　のちに、夏目漱石の弟子の作家、内田百閒の小説『サラサーテの盤』という、怖い小説を読んだとき、雨の音とともに、「チゴイネルワイゼン」が遠くきこえてきたような気分になった。

　その小説では、サラサーテ自身の演奏による「チゴイネルワイゼン」のレコードから、演奏しながら発したサラサーテの声がかすかにきこえてくるというのである。

そのレコードを友人に貸した。しばらくたって友人の妻が返却に来る。夫は死にましたという話とともにである。その「サラサーテの盤」をかけてみると、遠くから声がきこえてくる……その声は！（と書いているだけでも怖くなってきた）。


さて、わが『ハムレット』である。

深夜の城壁の上で衛兵が交代する。「何者ぢや？」という問いかけで幕が開く。

ハムレットとホレイシオーが登場する。霧が渦巻いている場面だが、もちろんそんな仕掛けはない。

親父の股引きをタイツがわりにはいたハムレットは、前がパクパク割れるのを気にしながら歩む。父王の亡霊が出現する。ハムレットは叫ぶのだ。


　南無天使、護らせたまえ！　何とて凄き月の夜、あくがれたまいつるぞ！　語らせい！

ハムレット

第一幕

第《だい》一場《ぢやう》

エルシノーア。宮城前《きうじやうまへ》の高臺《たかだい》。深夜《しんや》。

兵卒《へいそつ》フランシスコー立番《たちばん》してゐる。

こゝへ組頭《くみがしら》バアナードー入来《いりきた》る。

バア　何者《なにもの》ぢや？

フラン　あいや、其許《そのもと》こそ。待《ま》て、名宣《なの》らしめ。

坪内逍遙訳『ハムレット』第一幕第一場

折から変声期であった少年は、まさにノドから血の出るような思いで叫ぶ。

父王の亡霊は、お前の叔父にわしは毒殺され、王の位も妻、すなわちお前の母親も奪われたのだ、復讐せよ、と告げる。

亡霊が消えたあと、ハムレットは叫ぶのである。

おお、ありとあらゆる天の神々！　下界にありとあらゆる神！　地獄にありとあらゆる悪魔も！　何を馬鹿な！　おお、天に誓うたぞ、父王の命令を。

ハムレットとしての自分のセリフだけは、切れぎれにではあるが浮かんでくる。

手を振り上げ、講堂の天上に向かって大声で「ありとあらゆる天の神々！」と叫んでいるハムレットの姿が、「酔眼耄碌翁」の脳裏に、かなり鮮明に映しだされてくるのは不思議だ。

それは、当時、新聞社で写真部長をしていた父が、会社から大きなカメラを持って来て撮影してくれた貴重な映像があるせいだ。

昨今と違って、そのころ写真機なんかなかなかお目にかかれなかったので、父の姿は場内でかなりの注目を浴びていた。

さて、問題の「To be, or not to be, that is the question.」のところだ。映画では、さり気なくつぶやくようだったけれど、ぼくはそうはいかない。

なにしろ観客は学校のＰＴＡなのである。ぼくの両親もいたし、ホレイシオーの母親もいたのだから、どうしたって熱演になってしまう。

叫ぶように、「存《ながら》ふる？　存へぬ？　それが疑問ぢゃ」とやったのである。のちに知ったのだけれど、このセリフの邦訳は翻訳者の数だけあるというほど多種多彩だ。

最初は明治七（一八七四）年、横浜の英字月刊誌『The Japan Punch』にローマ字で登場した、「アリマス、アリマセン、アレワナンデスカ……」だった。その後は、生くるがましか死ぬるがましか、嗚呼どうしたものか。

存《ながら》ふる？　存へぬ？　それが疑問ぢや。

生か死か……それが問題だ。

世に在る、世に在らぬ、それが疑問ぢゃ。

生きるのか、生きないのか、問題はそこだ。

やる、やらぬ、それが問題だ。

このままでいいのか、いけないのか、それが問題だ。

生きてとどまるか、消えてなくなるか、それが問題だ。

いろいろだけれど、父親の幽證と約束したのに復讐もできずにぐずぐずしている自分ならいっそ「自殺するか、しないかだ」と迷い悩む、「憂鬱なハムレット」「自殺願望」がハムレット像として鮮明に浮かび上がってくるようだ。

「自殺」といえば、のちに、『ペスト』の作家カミュの『シーシュポスの神話』(清水徹訳)を読んで知ったのだけれど、カミュはこの冒頭でいきなりこう語るのである。

真に重大な哲学上の問題はひとつしかない。自殺ということだ。人生が生きるに値するか否かを判断する、これが哲学の根本問題に答えることなのである。

カミュの重要なこのひとことの背後には、「憂鬱なハムレット」像が、亡霊のように浮かんでいるのかもしれないと思う。この作品には、『ハムレット』からの引用がいくつもあるからだ。

そういう「ハムレット像」が、昔も今も広く行き渡っているのである。「わが師匠」ローレンス・オリヴィエの映画の印象も、そうだった。子どもごころにも陰気にしか見えなかった。

それと、もうひとつ、「復讐劇」とみなす解説もあるようだったけれど、そうなると、なんだ「敵討ち」か、ということになる。

講談本やチャンバラ映画なら、たとえば荒木又右衛門や高田馬場の堀部安兵衛の敵討ちにも詳しい少年だったけれど、シェイクスピアの「ハムレット」はあんなにはサッソウとしてはいない。

「憂鬱なハムレット」の「復讐劇」なら、古典的な浪漫主義的な解釈ということになるのだろうが、はて、わが「ハムレット」はどうだったのかしら？

さて、「存ふるか、存へぬか？　それが疑問ぢや」につづくセリフだが、これまた難しかった。

……残忍な運命の矢だまを、ひたすら堪え忍うでをるが大丈夫の志か、あるいは海なす艱難を迎え撃って、戦うて根を絶つが大丈夫か？　死は…ねむり…に過ぎぬ。

「存ふる」は、「残忍な運命の矢だまを、ひたすら堪え忍うで」いることをいうのだし、「存へぬ」は「戦うて根を絶つ」ということだろう。

ここもまた「絶叫」したのだ。とてもとても「憂鬱な迷えるハムレット」どころか、ひたすら「絶叫するハムレット」だった。

このあたり、河合祥一郎の『謎解き「ハムレット」名作のあかし』に教えられながら考えているのだが、いまいえるのは、七十年も前の中学生のぼくには、「死ぬか、生きるか？」なんて「自殺」問題はまだピンとこなかったということだ。

だって、サッカーに熱中し、画家になろうなんて夢想していたのだから、「死」について関心はあまりなかった。

たしかに、「To be, or not to be」は、セリフとしては名調子でステキだけれど、朝、登

校のおり、日向で寝ている猫と会話していた少年は、むしろ、第四幕第四場の独白、

> 人間が何ぢや、若し食うたり寝たりの外に、何一つ一生の大事が無いなら？　獣類に過ぎぬわい。

のようなところにこころひかれていた。屋根で日向ぼっこして寝ている猫がうらやましくてならなかった。

「お前はいいなあ！　それに比べてこのオレは何なんだ？」と自問する毎朝だった。ハムレットの独白する「人間が何ぢや？」は、そのままぼくの独白だった。

有名な「To be, or not to be」よりも、「人間が何ぢや？」という問いの方にこころひかれていた。

英語の原文は、「人間が何ぢや？」のところは、きわめてストレートに「What is a man」、つまり「人間て何なんだ？」という自問なのである。

ハム　やがて追附《おひつ》かう程《ほど》に、ちと先《さき》へお行《ゆ》きやれ。

ハムレットの他皆入《ほかみなはい》る。

見《み》る事《こと》聞《き》く事《こと》が予《おれ》を譴《せ》めて鈍《にぶ》つた宿志《しゆくし》を勵《はげ》ましをる！　人間《にんげん》が何《なん》ちや、若《も》し食《く》うたり寝《ね》たりの外《ほか》に、何一《なにひと》つ一生《しやう》の大事《だいじ》が無《な》いなら？　獣類《けだもの》に過《す》ぎぬわい。　必定《ひつぢやう》、前《まへ》をも見《み》、後《うしろ》をも見《み》る此大智見力《このだいちけんりよく》を賦與《ふよ》せられたからには、

坪内逍遙訳『ハムレット』第四幕第四場

幼い読解力ではあったけれど、ハムレットの独白の多くは、自分を責めるような自問であるように感じていた。

自分を責め、自問自答しながら、「オレって一体、何なんだ？　人間て何なの？」と、自分の存在の本質について考えようと努力しているようなのであった。

父王の亡霊に誓った復讐なんかよりも、自分の存在を確かめようと努めるのに熱心なハムレットの姿は、猫と自分に問いかけるタカフミ少年に似ているようでもあった。

真っ白なベールをかぶったオフィーリアがソソとした風情で歩みよってくる。指輪を返すというのである。

ハムレットは、怒りをこめた声で、またも叫ぶのである。

以前は、汝を愛しいと思うたこともある。尼寺へ行きやれ、尼寺へ。

といった調子で、なぜ、そうなるのかわからないままに、いきなり「尼寺へ行きやれ」なのである。

「汝を愛しいと思うたこともある」のひとことがあるせいで、ぼくは女子の登場を拒否したのである。もちろん、女性蔑視ではない。女の子に対して凄く関心があり、できれば気を引きたいという願望があるくせに、無関心を装う「演技少年」だった。

じつは「アベマリア」の合唱をしてくれた女性たちのうち何人かは、わがサッカーの熱烈な応援団だったのである。

第三場　死にゆく者たち

さあ、いよいよ最後の場である。父ポローニアスを殺し、妹オフィーリアを狂気と死に追いやったハムレットを、仇と思いこまされたレアティーズである。ハムレットの父王を毒殺し、ハムレットの母を妃にした叔父、すなわち現王は、ハムレットとレアティーズの「友好」の剣の試合をもくろむ。

どちらも腕自慢であるからだが、ハムレットの剣先にはカバーがつけてあるけれど、レアティーズの剣先はカバーなしの真剣のままで、しかも毒がぬってあるのだ。王のたくらみである。もちろん、そんな解説はなしで演技は進行するのだから、学芸会の観客は、「知る人ぞ知る」というわけだった。

このことにかぎらず、ほとんどの場面について、演じるぼくたちは、それなりに意味を承知で演じているわけだが、なにしろ、四時間をゆうに超える作品を三十分に縮め、字幕もなにもないのだから、観劇の皆さんは、この芝居をご存じのはず、という前提なのである。

だから、省略と飛躍の連続だ。文字通り、「To be, or not to be」ならぬ、「Ten made to be」なのである。

ところで、「オフィーリア狂乱の場」と、川に落ちて死ぬ場面をぼくたちはどのように処置したのだっけ?

原作では、「狂乱の場」でオフィーリアは小声で歌をうたって、妃たちを嘆かせるが、「死」については妃のセリフで説明されるようになっている。

しだれ柳に花の冠をかけようとしてよじ登ったとたんに枝が折れて、あの子は花をかかえたまま……と。

ローレンス・オリヴィエの映画でもそのように描かれて、白い衣装が水面に広がって流されてゆく。

その光景は英国の画家、ジョン・エヴァレット・ミレー(一八二九〜一八九六)の一八五二年の作品「オフィーリア」を模したのだろうが、もちろんぼくたちには、悲劇を再現するいかなる手段もありはしない。

いま思えば、「狂乱の場」でオフィーリアが口ずさむ歌だけでもやっていたなら、ステキだったろう。

だって、丸谷才一はそれを、「小唄」でありシェイクスピアの詩の傑作のひとつであると語っているのだ（「ハムレットの小唄」平井正穂教授還暦記念論文集『ルネサンスの文学と思想』）。

そこで、その小唄の一節を丸谷訳で紹介しておこう。

いつたい見わけがつくかしら
　ほんとの愛と嘘つぱち
みんなおんなじ巡礼すがた
　帽子も杖もサンダルも
いらつしやらないあの方は

　死んでしまつた、もうとうに
枕もとには青い草
　足には墓の石ひとつ

経かたびらは雪の白
　いつぱい花に飾られて
しかし墓へは一人きり
　愛の泪に濡れながら

　さあ、剣の試合である。校長から拝借した立派なイスに、王と王妃が腰掛け、ホレイシオー役のダンゴたちが見守る。

　レアティーズは農家の子でありゴールキーパーの「モージ」である。しゃべるときにきまってモジモジするように見えるからである。恥ずかしがり屋なのだ。黒い学生服のボタンの側を背にした扮装だ。ハムレットは、パッと股を開いて身構えたとたん、タイツがわりの股引きの前がパックリとなったが、なあに構うものか。

チャリンチャリンと剣を合わせる。ハムレットは強い。立会人が休憩を宣して、ハムレットがくつろいでいるところへ、レアティーズが切りかかる。毒剣である。

ハムレットが剣を奪い、レアティーズを刺す。レアティーズは苦しい息づかいで、「剣には毒が……。王の陰謀だ」と叫ぶ。妃は、ハムレットのために用意しておいたカップの酒を飲む。王はそこにも毒を仕込んでいた。妃は倒れる。

ハムレットが王に飛びかかる。王の「ペタ」は、顔の鼻の下に墨で書いたヒゲが震えて、真にせまった演技だ。何度も突き刺す。

やい、おのれ、非倫無惨、残虐非道のデンマーク王、母上のあとを追えやい。

王はイスから転げ落ちる。

はるかのち、旧満州における農民の「抗日運動」について立派な書物を出すことになるペタの、ちょびヒゲの迫真の演技にハムレットは危なく吹き出すところだ。

悪逆の王どころか、善人そのものであったペタのあの瞬間の表情は、いまも鮮明に思い出せるのである。ちょっぴりどもりながらしゃべる人格者だったペタ！

王のイスにヨロヨロと腰掛けたハムレットはもう虫の息である。

　ホレイシオーよ、予もこれまでぢや、御身は後に存えてわが志を伝えておくりやれ。

そしてハムレット、最期のセリフである。ここの原文、「The rest is silence」の翻訳もじつは難問だ。現代のほとんどの翻訳者たちは、「あとは沈黙」と訳しているが、坪内逍遙訳は「rest」を「餘」、つまり「あとは」としているのだ。

　おお、餘は空寂！

となるはずが、ぼくは「餘（残り、あと）」を「余（私）」と誤読していた。つまり一人称の「自称」の「私は」というつもりだったのである。しかも「空寂」どころか、

　おお、余は空腹！

とやってしまった。それは父兄参観の午前の部であった。死んだはずの王が、ちょっと驚いたような表情になって目を開けた。

　さすがに最期の言葉は叫ぶわけにはゆかなかった。つぶやくようにやったのだから、客席には届かなかったろう。耳にしたのは「ペタ」だけのはずだ。

　そこで「アベマリア」の合唱である。弔砲がインインと響くはずであるが、大きな金ダライをたたいた、不思議な音が響いて、わが一世一代の『デンマークの王子ハムレットの悲劇』は幕を閉じた。盛大な拍手が、七十年もたったいまも記憶に残る。

　ペタが「オイ、間違えたな」といって笑った。ハムレットは、舌を出して答えた。「ほん

ハム　おゝ、ホレーシオ、今《いま》ぞ死《し》ぬる！　激《はげ》しき毒《どく》に心氣全《しんきまつた》く衰《おとろ》へたれば、イギリスよりの知《し》らせ待つ間《ま》も保《たも》たぬ命《いのち》。いまはに予《われ》は豫《あらかじ》めフォオチンブラスを推《お》し立《た》てゝ我國《わがくに》の王嗣《わうし》と定《さだ》めう。事《こと》のこゝに及《およ》びつる始終《しじゆう》の仔細《しさい》を彼《か》の人《ひと》に何卒《なにとつ》語《かた》り……おゝ、餘《よ》は空寂《くうじやく》！

と　ハムレット　息絶《いきた》える。

坪内逍遙訳『ハムレット』第五幕第二場

とにハラが減ってたんだよ」と。朝鮮半島の人びとが朝鮮戦争で苦しんだときに、アメリカ軍の「軍需工場」と化した日本は「朝鮮特需」という「経済成長」によって大いに発展した。

そのおかげで戦後の食糧難はすでにほぼ解消しようとしていたが、なにしろ食い盛りでしかも食いしん坊のタカフミの胃袋は満足していなかった。「飢餓」状態ではなかったけれど、いつも空腹だった。なじみのない「空寂」を「クウフク」といい間違える条件はそろっていたといえるだろう。

「おお、余は空腹！」に気がついたのは、いまは亡きペタだけ。終幕の決定的な場面でおかした、ぼくの重大なミスを耳にしたただ一人の証人、ペタは、六十四歳で世を去った。

いまぼくの手元に、『「満州」における反満抗日運動の研究』という立派な箱入りの書物がある。田中恒次郎、すなわちペタの著作である。一九九七年十一月刊行の自費出版だ。武子夫人から送られてきた。

同封の手紙によると、すでに仲間と出版していた三冊を一冊にまとめたものだ。「はじめに」と「おわりに」は娘さんが執筆し、索引も家族の共同作業だった。柩に入れるのに間にあったそうである。時々足をもんであげたとき、「ぞうりみたいね」というと、「プールから上がったときに足跡に苦労したんだよ」と笑っていたそうである。娘さんは、「ペタというのわかるわね」と笑っていたそうである。

「ペタ」と命名したのはぼくである。しかしペタよ、キミがこんな立派な研究をしていたなんて、ちっとも知らなかった。

新聞記者として、平和だとか民主主義だなんて喚いていたくせに、「満州」で「反満抗日運動」が、こんなにも展開していたなんて知らなかった！

あの舞台で、ハムレットに復讐されたときの、ちょびヒゲの迫真の演技を、酔眼耄碌翁はいま、ありありと思い出している。

しかしぼくは、なぜ「空寂」を「空腹」といい間違えたのだろうか？「ハラが減っていたんだよ」とペタに言い訳したけれど、七十年後のいま酔眼耄碌翁としてタカフミ少年のこころをのぞきこんでみると、奇妙な疑念が濃霧のようにわいてくる。

わざと間違えたのではないか？「空腹」とやって「笑い」をとれば、それはそれで、まあ受けたことになる！　とんでもない間違えの方が話題になる。何の話題にもならないより、何であれ話題になった方がいいぞ！　そんな屈折した「受けねらい」をやりかねない少年だったのかもしれない。

ペタはそれを見抜いたのではなかったのか！　クツワダのヤツ、またも「受けねらい」をやりやがったな、と。

さて、「The rest is silence」は、松岡和子訳をはじめ多くの翻訳者は「あとは、沈黙」と訳しているが、なにしろ逍遙訳は「空寂」である。

新宿・歌舞伎町で不覚の転倒事故を起こして、文字通り、「To be to be ten made to be」となり、サッカー試合のボールによる顔面直撃や『ハムレット』に想いが飛翔して、ついに「餘は空寂」にまで至った。

「空腹」だなんて、とんでもない間違いに気がついた唯一の証人、ペタに限りない懐かしさと複雑なウシロメタサの念を抱きながら、酔眼耄碌翁のいま愚考するのは、「空寂」と

「沈黙」の差についてである。

ハムレットは、「あとは空寂」とつぶやいて息絶えるが、「空寂」とは仏教の用語だ。サンスクリット語の「空虚にして静寂」なことの漢訳である。

執着も煩悩も除去した「悟り」の境地であり、日本中世の歌道、茶道、能楽、俳諧などで重視された「幽玄」「さび」「わび」の美意識の基底となっているものだ。

タカフミ少年のハムレットの「空腹」ではサマにならないけれど「悟り」の境地なら、ハムレット最後の言葉にぴったりだ。

荘厳な「空寂」に比べると「沈黙」は軽い印象だけれど、ふと思い出したのは、いまは亡き大詩人、大岡信から生前に贈られた決定版詩集『自選大岡信詩集』の一節だ。この章の冒頭に掲げた、「初秋午前五時白い器の前にたたずみ谷川俊太郎を思つてうたふ述懐の唄」という長い題の作品である。

「鶏なくこゑす　目エ覚ませ」という親友谷川俊太郎への呼びかけにはじまる長い詩のなかに、谷川の詩からの引用が四行ある。

粒だつた喜びと哀しみの
この感覚を君にうまく伝へることはできまい
どんなに小さなものについても
語り尽くすことはできない
沈黙の中味は
すべて言葉

「どんなに」からの四行がそれだけれど、これは谷川俊太郎の言葉であるのと同時に大岡信の言葉でもあるだろう。

「沈黙のなかにこそ、言葉がびっしりと詰まっている」というのである。これを借りていうなら、ハムレットの「あとは沈黙」も、まことに深いといえるだろう。

いま、酔眼耄碌翁は、「沈黙」もいいなあ、と感じ入りながらも、「空寂」も捨て難いという心境なのである。だって、先に逝ってしまったペタと共有した、わが「空腹」というセリフを引き出してくれたのだから。

ペタは「空寂」となり「沈黙」のなかには、『「満州」における反満抗日運動の研究』という、熱のこもった膨大な言葉がつまっているのである。それは、このひとことによって始まる。

> 日本帝国主義の中国侵略は、「九・一八」すなわち満州事変を機に一気に本格化した。

テレ屋ゆえに寡黙なペタの、雄渾の書き出しである。

第四場　未完の運命

『ハムレット』は、「あとは空寂」ならぬ「空腹」で幕を閉じたけれど、図工科の教室の壁画は、遅々としてはかどらない。

ハムレットもホレイシオーも「王」のペタも、みんな三年生になり高校進学の準備に入った。サッカーの試合はそれまで市内だけの大会だったのが全県に広がり、しかもわがチームはいつのまにか優勝もねらう位置に上りつめていた。

ナイトパンも受験準備の生徒をかかえ、同時にサッカー部の部長でもあったから、壁画にまでアタマが回らないというジレンマに陥っていた。壁画は、大きな白壁に鉛筆で下絵を引いたあたりで頓挫していた。それにはじつは申し訳ないぼくの個人的な事情もからんでいたのである。

『ハムレット』に熱中していたころは画家になる夢を抱いていたのだけれど、それが終わったころには「絵」よりも「言葉」に関心が傾いていった。

　壁画の題材にしたデューラーの「四人の使徒」の姿よりも、彼らが手にしていた旧約聖書の開いたページに読みとれる「はじめに言葉ありき」という文字にこころひかれていたのである。

『ハムレット』は、ナイトパンがぼくに呼びかけた言葉によって幕開いた。「はじめに言葉ありき」だった。ぼくはハムレットを演じることによって、「はじめに言葉ありき」の「言葉」に回帰していったのだ。

　ハムレットのセリフを何度も絶叫するうちに、ぼくの関心は「絵画」から「言葉」へと滑ってゆき、さらに新聞記者へと飛翔してゆく。「Ten made to be」なのである。

　のちに、ぼくらの育った木造校舎がビルに改築されたと知ったとき、ぼくの「未完の壁画」が壊されてゆく姿を想像して、懐かしさと別離の想いにしばしひたった。

　下絵は消滅したけれど、下絵を描いたという事実は永遠に消えはしないのだ、と信じこもうと努力した。

デューラーを壁画にしようと試みたぼくたちの歴史は、たとえ幼さゆえの無謀に発したことであったとしても、その歴史は言葉によって記憶されているのだ。

「記憶とは言葉である」とは、この第五幕の冒頭に掲げた『自選大岡信詩集』の巻末に登場する文芸評論家、三浦雅士の、大岡信の詩に対する敬愛と畏敬のこころ溢れる、卓絶の解説「ある愛の果実」にある表現だ。

正直に告白するなら、いまここまで書いてきたぼくは、過去も現在も超越した、きわめて「幸せ」な気分にひたっているのである。

『マクベス』冒頭の魔女のセリフではないけれど、現在は過去であり、過去は現在なのである。何もかも、多くの人びとに教えられたことばかりなのに、まるでぼく自身で考え出したような、不遜ではあるけれど「幸せな錯覚」に酔っているのである。

コロナ禍の「緊急事態宣言」下に、新宿の歌舞伎町で酒を飲み、無様に転んで鼻をひどく打った。その瞬間に、不思議にもはるか昔のサッカーの試合で鼻をボールで直撃されたところに想いは飛んだのだけれど、あれは、ＪＲ北浦和駅東口から浦和高校の方へ向かったところにある北浦和小学校のグラウンドであったようだ。

相手は宿敵の白幡中学。のちに浦和高校サッカー部でいっしょになる「ハラダ」の蹴ったボールがぼくの鼻を直撃したのだ。

思い出せるのはそこまで、それが何の大会だったのか、何回戦だったのか、まったく記憶はないけれど、新宿の歌舞伎町で転んだおかげで、鼻の直撃事件を思い出させてくれたのはありがたかった。

中学のときの試合の記録は手元に残っていないのだけれど、埼玉県サッカー協会が作った、厚さ一五センチもある『輝く埼玉サッカー75年の歩み』（昭和五十八年十一月刊）という書物には、わが埼玉大学附属中学をはじめ白幡中学などの戦績が記されている。

それによると、ほとんど信じ難いほどの成績なのである。

一年生のときは県の新人大会で準優勝。二年生になると、新人大会では準優勝だったのが学徒総合体育大会では優勝なのだ。練習や試合のさなかに、図工室の壁に残してきた下絵に想いを馳せたことはあっただろうか。

不思議なことに、あれから七十年以上も経ったいまなのに、白い壁に書き残されたまま消えていった下絵の孤独が、激しく想いおこされてたまらないのである。

下絵はつづきを待っていたに違いない。ハムレットとホレイシオーが、脚立の上に立って、元気よく腕を振るってくれるだろうと、こころ待ちにしていただろうと思い、虚しくなるのである。

壁画には申し訳ないながら、ぼくたちはサッカーに忙殺されていた。三年生になると、新人大会も体育大会も県民大会も、すべて優勝していた。ぼくはＦＷ（フォワード）のＲＷ（ライトウイング）で、チビタンクはＣＦ（センターフォワード）、ダンゴはＲＢ（ライトバック）、ハムレットと剣の試合をして死んだレアティーズのモージはＧＫ（ゴールキーパー）といった布陣だ。ナイトパン一座は総出場なのである。

ぼくがどんなプレーをしていたか、ほとんど記憶はないのだが、ただひとつ、前にも述べた「三段階」「得意技」だけは忘れることはできない。

右の端でボールを受けたあと、タッチライン沿いに敵陣目がけて真っ直ぐにドリブルで、突っ走り、相手のハーフ・バックを抜き去ったあと中に切りこむ。するとCH（センターハーフ）がぼくの方に向かってくる。必然的にその背後に空白か生じる。

その空白にわがセンターフォワード、「To be to be ten made to be」のチビタンクが走りこむ。「ハムレット」は、おびき寄せたCHの頭の上をふわりと越えるパスを送る。チビタンクはそれをヘディングシュートしてゴールを決める。

こうして、言葉の上で鮮やかに再現できるのは、もちろん言葉で記憶していたからだけれど、実戦でも、昭和二十六（一九五一）年、広島で開かれた国民体育大会の決勝戦でも、まったく同じパターンで決勝の一点を挙げたからだ。

十一人のなかでただ一人の一年生、つまりRW（ライトウイング）のぼくから相手CHの頭をフワリと越えるパスが飛び、「大将」がヘディングで決めたのだった。

自慢話ばかりしているようだか、県大会の決勝戦で、同点に追いつけるはずの絶好のPK（ペナルティキック）を、ぼくが外して一敗地にまみれたこともあるんであるんである。

『ハムレット』も壁画も遠ざかるばかりだから、いっそ最期のセリフ、「餘は空寂」を「空腹」といい間違えてペタに笑われたあたりで筆をおけばよかったのかもしれない。

そうすれば、他愛のない自慢話として、巻の終わり、ですんだはずなのだか、「延長戦」に持ちこんでしまったために、やがて柄にもない分野の話の泥沼に落ちこんでしまうことになる。

さてこのあとぼくは早稲田大学蹴球部（蹴球であってサッカーとはいわない）で、プロサッカーリーグの創設者、川淵三郎とともに黄金時代を築くことになり、やがて新聞記者になる。そしていつの間にか、『ハムレット』に回帰している自分に気がつくのである。

たとえば、七十年前の中学校の学芸会で、ハムレットを演じたとき、「To be, or not to be」のところでぼくは、「生きるか、死ぬか」というロマン的な懐疑よりも、むしろ「人間て何だ?」という根源的な疑問の方にこころひおかれた。

ジャーナリストとして、ベトナム戦争の戦場を歩いたときも、中東のテロの現場で血の塊を踏んで歩いたときも、己がまるでハムレットになったように、「What is a man」と自問自答していた。

しかし、「問い」はできても「答え」は出てきはしなかった。答えのないままに、いつの間にか、逍遙訳の『ハムレット』では最後の場面である第五幕第二場も過ぎて、あるはずのない第三場どころか第四場まで来てしまった。困った。

「To be, or not to be」といいながら、残念無念にも、まだまだ、天まで飛んでいないのである。

そこで、安西徹雄訳の『ハムレットQ1』の力を拝借することにした。

この新訳文庫本の帯には「伝説のテキストQ1ついに登場　これがハムレットの原型だ！」と記されている。これは、どういう意味だろうか？

シェイクスピアの劇がはじめて一冊にまとめられ、最初の全集として出版されたのは、死後七年目、一六二三年のことだった。

タテ約三四センチ、ヨコ二一センチの大判で、そのころの全紙を二つに折ったものだから「二折本《フォリオ》」という。九〇〇ページを超える大冊で、これを「ファースト・フォリオ

（F1）」と呼んできた。

ちと自慢を許していただけるなら、ぼくの書架には、この「F1」が鎮座している。ロンドンのテムズ川河畔にシェイクスピア時代そのままに完全に復元されている「グローブ座」で、『間違いの喜劇』を観劇したとき、復元事業の資金援助と銘打った運動に感動して購入したのである。

もちろん、豪華な造りの精密な複製だ。本物なら、まあ十億円だろう。

若者に人気のある三上延の小説『ビブリア古書堂の事件手帖7　栞子さんと果てない舞台』は「F1」をめぐる物語だけれど、二〇二〇年、ロンドンのクリスティーズで「F1」が約十億円で落札されている。

「F1」には三十六篇の劇が収められているので最も完成度が高いけれど、この「F1」以外にも、海賊版もふくめて何種類かの「四折本《クオート》（以下、「Q」と略記）」が出版されていて、こちらも貴重なのである。

それぞれに長さも、セリフも違いがある。世界的にも日本でも、「F1」を基本にして「Q」などから補強したものが主流で、わが「ナイトパン一座」の逍遙訳もそれだった。しかしこれは、あまりにも長い。安西徹雄は演劇集団「円」で『ハムレット』を翻訳、演出するにあたって、より短い「Q1」を採用した。

安西訳の「Q1」は何と「第二幕第十場」で幕なのである。そこでぼくも申し訳ないながら便乗、というより「悪ノリ」して逍遙訳の「F1」にはない「第六幕」をデッチあげ、もう少し話をつづけようと謀ろうとしているのだ。

何とも長い「デッチあげ」の言い訳になってしまった。

第六幕　時空を超えて

わたしは昭和十四年をすべて、茫々とけぶる
横しぐれのなかに置くことにしようと思った。
（丸谷才一『横しぐれ』）

第一場　七つの独白

『ハムレット』はシェイクスピアの作品のなかで最も長く、ざっと四千行もある。しかも凄いことに、ハムレットは一人で千四百行ものセリフを語るのである。まさに本人がいうように「言葉、言葉、言葉」（第二幕第二場）の氾濫なのである。

ろくに読解力もないくせに、この芝居の言葉の多彩さ、面白さに溺れて、画家になる夢が、いつの間にか言葉を用いる仕事にひかれるようになり、しかも文学ではなく、限られた時間のうちに、限られた字数と限られたスペースで表現しなければならない新聞文章へと想いは飛翔していった。

のちに若手のプロの舞台俳優たちにまじって（老人役が一人どうしても必要だった）、東京・高円寺の劇場で『レ・ミゼラブル』を演じたときに実感したことがある。

新聞記事を書くという作業は、限られた場で、限られた時間のうちに、限られた言葉数で表現しなければならないという点で、舞台演劇に似ている、と。

しかも、新聞記者生活では、運というべきか偶然というべきか、流血のテロ事件のように、「人間とは何なのか？」と、根源的な問いを発せざるを得ない場面にしばしば遭遇するのであった。

新宿歌舞伎町で転んだときや、中学生のころのサッカーの試合で、ボールの直撃を受けたときに、おのれの視野のなかで鼻がみるみるうちに腫れ上がっていったように、鋭い痛みをともなった想いが、いつでもふくれあがってゆくのであった。

「What is a man」、「人間とは何なのか？」と、『ハムレット』第四幕第四場で「ハムレット」が自分自身に問いかけた、素朴だけれど根本的な疑問に回帰してゆくのだった。

『ハムレット』をどう読み、どう解釈するかを論じた書物は、古今東西を問わず、それこそ『ハムレット』専門の図書館ひとつでも収容し切れないほどあるはずだ。

ぼくの貧しい書架にあるだけでも、まだ数えたことはないけれど、かなりの量に達している。

『ハムレット』は、いつの時代にも批評家にとって高い関心の的であった。それは、戯曲で読む人、芝居で観る人とを問わず、どんな角度から接近しようとも、それを拒むことがない作品であるからだ（笹山隆編『ハムレット読本　作品をめぐる評論と創作』の解説から）。

なるほど日本でも、あるはずのない日記を、志賀直哉が『クローディアスの日記』、大岡昇平が『ハムレット日記』という小説として創作している。

そして、ご自身がいささか「ハムレット」的であるような作家、太宰治も『新ハムレット』という戯曲のような小説であるような作品を発表している。「はしがき」からして、まさに太宰である。

「こんなものが出来ました、といふより他に仕様が無い」と先ず断って、「沙翁の『ハムレット』を読むと、やはり天才の巨腕を感ずる。情熱の火柱が太いのである。登場人物の足音が大きいのである」と絶賛する。

面白さだけでいったら、志賀、大岡より上かもしれない。

ちょっと飛躍して音楽でいえば、フランス十九世紀の作曲家、歌劇「ミニョン」で知られるアンブロワーズ・トマ（一八一一～一八九六）に、歌劇「アムレット」（フランス語は「H」を発音しない）がある。

　これまた変幻自在で、アムレットは父王の仇を討ち、王妃、アムレットの母は仇と不倫関係にあったので修道院に入る。アムレットは王になってバンザイなのである。

　ぼくはCDで聴いたけれど、とてもきれいな音楽だ。しかしイギリスでは不人気で上演されたことはないらしい！

　つまり『ハムレット』は、何でも来い、なのである。文学の「ぶの字」も知らず毎朝、登校の途中で、屋根の上で日向ぼっこをしている猫と他愛のない対話を交わしている少年が、『ハムレット』に出会うことがあってもおかしくはないのだ。

　猫との対話のほとんどは、「お前は、なぜ、そこにいるのか？　オレは、なぜ、こうして毎朝学校に行くのか？」といった、朝霧のようにとらえどころのない問いの応酬ばかりだった。

そのせいでなのか、星霜を経て酔眼耄碌翁になったいま、何ごとについても、「なぜだ？」と問いかけようとするのが、いわば習い性になってしまった。

そもそも「思考」とは、第四幕第四場でハムレットにいわせれば、「思考というやつは、四分の一は知恵で、残り四分の三は臆病にすぎない」ということになる。「臆病」について「タカフミハムレット」は「臆病な迷い」のことだと理解してきた。

たとえば、会社の食堂の入り口のショウ・ケースの前の会話だ。「どう、決まったのかい？」「まだ考えてるところさ」。それは、「考えている」のではなくて「カツドンにしようか、カレーにしようか」迷っているだけなのである。迷っているのはなぜだ？　どちらも好物だし、しかもしばらく食べていないからだ。となれば、これぞ「考えている」ことだ。

何だか哲学的な命題に目覚めたみたいに思われるかも知れないが、なあに、日向ぼっこの猫との対話のもたらした結果に過ぎなかったのである。

こうして、少年にとって最大の謎は「タカフミ自身」となってゆくのはひとつの必然であった。

だから学芸会の『ハムレット』で「ハムレット」になったとき、世界文学史上で最も有名なセリフである「To be, or not to be」よりも、「What is a man」、つまり「人間て何だ？」にこころひかれることになったのだろう。猫のおかげなのである。

この「幻の第六幕」の冒頭に、丸谷才一さんの小説『横しぐれ』の末尾の一行を引用したのは、なぜか？

最も畏敬する作家だったし、親しく声をかけていただき（評判通り大声だった！）、なんどか酒席をともにする機会も与えられ、長編小説『女ざかり』では、警視庁キャップから論説委員になる人物は、ぼくがモデルだったと噂されたりしたせいでもあった。

平成二十四（二〇一二）年秋、丸谷さんたち三人の共訳による、二十世紀世界文学の金字塔といわれる、アイルランド出身の作家ジェイムズ・ジョイスの大作『ユリシーズ』を読み終わったぼくは、その小説の舞台、アイルランドの首都ダブリンに憧れて旅立った。

その途中、ロンドンに寄り、翌朝、ダブリンに向かおうとしていたとき、東京からの電話で丸谷さんの訃報に接した。

丸谷さんの文章に教えられ導かれての旅だったのに……。

まさに「空寂」の想いしきりだった。

その『ユリシーズ』第一巻の「スキュラとカリュブディス」で、登場人物たちがたたかわす「ハムレット論」は有名である。

このようにきわめて個人的な関係を列挙して恐縮だけれど、もうひとつ大きな理由があるのだ。それはきっと妄想なのだろうが、優れた小説や文章に接するたびにぼくは、そのなかに『ハムレット』的な部分を見いだし、感じてしまうのである。

わが家の日常の会話にもそんな調子で頻発する。朝食の紅茶を入れるのはぼくの役割なので、ミルクを加えるか加えないか、それが疑問だな、なんてつい口にしてしまうので、「ハムレット親父」と命名されてしまったほどなのである。

英訳されてロンドンの高級紙「インディペンデント」の「外国文学賞」を受賞した『横しぐれ』もまた、「ハムレット親父」の「被害者」になったというわけだ。

この中編小説の内容についてちょっと触れておこう。『横しぐれ』の語り手がまだ中学一年生だった昭和十四（一九三九）年ごろ、父親は友人と四国路の旅に出て、漂泊の自由律俳句の人、種田山頭火らしい坊主と偶然出会って、酒をご馳走した。

たまたま激しいしぐれに見舞われたが、その雨を「横しぐれ」というのだと聞いた坊主は強い関心を示したという。

さらに、その父親はそのころ、語り手である息子の知らない謎をかかえていたのであった。その謎とは？　そして、その坊主は山頭火だったのか？

文庫本の解説で、ドイツ文学者、池内紀は、『横しぐれ』は推理小説のつくりになっている、と語っている。

その推理について、自分の幼いころを明らかにしたい、自分の個性の形成期を探りたいという欲求から発しているようだ、と解説して、語り手の次の言葉を引用している。

わたしが何であつてしかも何でないかがとつぜん理解できるかのやうに

　このくだりもまた、鼻への直撃だった。だって、僭越ながらぼくだって、自分が何であって、何ではないかを、理解したがっていたのだから。

『横しぐれ』の語り手が、中学一年だったころの自分について推理し探ろうとしているのに対して、タカフミ少年がハムレットを演じたのは中学二年のときだった！

　日向ぼっこの猫との会話によってと、いたって幼稚な方法ではあったけれど、ぼくには『ハムレット』第四幕第四場の「第七独白」のなかにある「人間とは何だ？」（「What is a man」）というセリフが謎となっていたのである。そして、「酔眼耄碌翁」となってもなお、こころの奥で自問しているのである（池内さんもぼくも、ＮＨＫ放送の人気番組として三十年以上もつづいた「日曜喫茶室」の常連仲間だった。この問題についてお尋ねしておけばよかったのに、当時は不勉強にして、『横しぐれ』のその解説を知らなかった！）。

　そのほかにも『横しぐれ』の内容で「ハムレット」的なところを妄想ついでに挙げるなら、『横しぐれ』の話し手の父親にはかつて「To be, or not to be」、すなわち「生きるべきか、死ぬべきか？」と迷ったときがあるらしい、という謎があるのだ！

さらに、小説の語り手は、「横しぐれ」の「しぐれ」を「死暮れ」と読み替えて、「しぐれ」という言葉にこだわる父の「死」への執着心をみたりする。

このような「言葉遊び」こそシェイクスピア作品の本質であり、それは『ハムレット』において最高に発揮されているのである。

ハムレットは、シェイクスピアの作品に登場するあらゆる人物のうち最大の地口屋である。

（梅田倍男『シェイクスピアのことば遊び』）

「地口」とは、俗語などに同音や似た音声の別の語をあてて、違った意味にするシャレのこと。

日本語でいえば、「舌切り雀」をまねして「着た切り雀」といって、いつも同じものばかり着ている人をからかうのがそれ。ハムレットは、太陽の「sun」と息子の「son」か同音であることを利用し、父を殺した現王に痛烈な皮肉をぶつける。

各々の作品の地口の数は平均して七十八だけれど、ハムレットはただ一人で九十もの地口を口にしているそうだ。

そもそも、超有名な「To be, or not to be」にしたって「To be」という同音を並べた言葉遊びではないかしら。

わがセンターフォワード、チビタンクの「To be to be ten made to be」は、その流れに属する堂々の言葉遊びだったのである。

名作『横しぐれ』とぼくの書こうとしているものが似ているだなんていったら滑稽で噴飯ものだけれど、古今東西を問わず、優れた文学作品には必ずシェイクスピア的なところがあるのだ。『横しぐれ』もそう。

ロンドンのテムズの流れのほとりに再建された「グローブ（地球）座」のテラスで、冷えた白ワインをやりながら想ったものだ。いい古されたことだけれど、シェイクスピアの作品には、世界と人生のすべてが存在する、のだと。

だから、シェイクスピアの根拠地であった劇場の名前は「地球座」だったのである。

ところで『横しぐれ』の文庫版あとがきで丸谷さんは、きわめて興味深い事実を明かしている。

イギリスの作家グレアム・グリーンの自伝に、グリーンの父親であるパブリック・スクールの校長と作家オスカー・ワイルドにまつわる逸話があって、感銘を受け、これは小説になるなと思った、というのである。

その父親がある年の休暇に友人とナポリに行ったとき、見知らぬ男に声をかけられた。英語でお話しているのが懐かしい。コーヒーでも飲みながら仲間に入れて欲しい。

一時間ほど面白い話をしてくれたが、あとであの男は、「男色事件」で入獄していたワイルドだったと気がついた、という。

つまり、『横しぐれ』は、グレアム・グリーンの自伝と響きあっているといえるわけだろう。

それは、丸谷さんたちが翻訳した、二十世紀世界文学の金字塔、ジェイムズ・ジョイスの傑作『ユリシーズ』が、紀元前八世紀ごろギリシアで成立したホメロス作と伝えられる長編叙事詩「オデュッセイア」と響きあっているのと同じではないか（その主人公の英雄オデュッセウスのラテン名「ウリッセース」の英語読みが「ユリシーズ」）。

舞台と骨組みを、古代ギリシアから、一九〇四年六月のアイルランドの首都ダブリンに移した小説が『ユリシーズ』なのである。

オスカー・ワイルドは、小説『ドリアン・グレイの肖像』や戯曲の『サロメ』などで知られるが、「芸術が人生を模倣する以上に、人生は芸術を模倣する」という言葉でも有名だ。

それを拝借していうなら、『横しぐれ』や『ユリシーズ』の人生は、芸術を模倣しているということになろう。そして滑稽しごくにも、わが人生も『ハムレット』という芸術を模倣しようともがいてきたのである。

『横しぐれ』の主人公は昭和十四（一九三九）年という三十六年前の謎を解こうとして、結局は、茫々とけぶる横しぐれのなかに置くことにしたのだけれど、酔眼耄碌翁が少年時代に抱いた謎は、さてどうなるだろうか？

ハムレット本人にとって最大の謎は自分だったように、ぼくにとっても最大の謎はぼく自身なのである。

この劇のなかでハムレットはひたすら語りつづける。長い独白が七つもあって、番号すらつけられている。

誤読ついでにいうならば、そのどれもが、自分に対する問いかけであるように読める。責めるような口調ばかりなのは、「自分」という名前の謎に挑戦しているからだ。

チビタンクがぼくらをからかった「To be to be ten made to be」という言葉遊びとともに天高く飛翔して、ここで一挙に、千年昔の日本の都に翔びたいという想いがふくらんでいく。

新宿の歌舞伎町で転んだとき、サッカーボールの直撃を受けたとき、わが鼻が視野いっぱいにふくれあがっていたように！

第二場　和泉式部とハムレット

「緊急事態宣言」下の新宿・歌舞伎町で転んでふくらんだ鼻はとっくに回復し、転ぶという屈辱のトラウマも癒えたぼくは、あの魔女たちのように「昔は今」「今は昔」と怪しくつぶやき、苦吟しながら筆を進めていた。

そこへステキな援軍来たれり！　大岡信の著書、平成元（一九八九）年初版の『詩人・菅原道真　うつしの美学』だ。令和二（二〇二〇）年十月、岩波文庫に収録されてすぐ、大岡夫人（劇作家・深瀬サキ）が送ってくださったのである。「緊急事態宣言」下だというのに、まことに恐縮、感激で、とっさに言葉も出ないほどだった。

そして、またも鼻を直撃されたのだ。今度は道路やボールではなく、「天神さん」の雷だった！　酔眼耄碌翁の、猫のように眠りつづけている記憶を、「菅原道真」の霊の雷鳴が呼び覚ましてくれたのである。やはり大岡信の著作である平成七（一九九五）年初版の

『日本の詩歌　その骨組みと素肌』にも、「菅原道真」についての文章が載っていることを思い出させてくれたのである。書物が書物を呼び起こしたのだ。急いで書架から取り出したそれは、セピア色の古色に包まれているが、凝った造りの本である。その内容は、パリにある高等教育機関コレージュ・ド・フランスで、平成六（一九九四）年一月と翌年十月に、前後五回行った講義の原文である。

　いつも満席で二時間の講義なのに中座する人はいなかった。しかるべき方法をとれば、和歌でも俳句でも外国人に伝えることができるという思いを強くしたという。

　さてその内容だが、「一、菅原道真　詩人にして政治家」「二、紀貫之と『勅撰和歌集』の本質」「三、奈良・平安時代の一流女性歌人たち」などである。

　酔眼耄碌翁と化す以前にかなり読んだとみえて、付箋がいくつもついていた。そこを拾い読みしていったら、またまた鼻を直撃されたのである。鼻はふくらみはしなかったけれど。

「三、奈良・平安時代の一流女性歌人たち」の項まで再読していったら、驚くべき記述に出会ったのである。

そこに至るまで大岡は、平安時代初期の男性による漢詩文全盛時代よりも前に存在していた『万葉集』の女性歌人たちに、まず触れなければならないでしょう、と前置きして「笠女郎《かさのいらつめ》」を挙げて語る。

「悲恋に終わった恋の歌二十九首を『万葉集』に残したために、不朽の名声を得た天平時代の人、笠女郎です。（中略）笠女郎よりも二百五十年くらい、紀貫之よりも百年ばかり後、（中略）すなわち十一世紀初頭に、日本詩歌史上にひときわ抜きん出た才能を輝かせた一人の女性詩人が生きていました。和泉式部です」と話を進める。

そして、和泉式部は、その恋愛生活によって一世に名高い女性になった、と述べたあと六首の和歌を挙げ、ひとつひとつ丁寧に解説してゆく。

このあたりは、パリでフランス語で講演したときを思わせるように情熱的な口調で、丸谷才一さんばかりの大きな声が行間から響いてくるようである。

なにしろ、「あとがき」によれば「日本の古典詩歌なんぞまったく知らないし、一旦興味がないとなれば、たちまち私を見捨て、次の週から二度と姿も現わさないであろう聴衆を、何が何でもわが陣営に引きずりこんでやる、というくらいの心がまえで、講義に臨んだ」のだから。

そして最後に、この歌を挙げた。

はかなしとまさしく見つる夢の夜を
驚かで寝る我は人かは

この世は儚いものだということを、私はこの目でよくよく見てしまった。それなのに、そんなに儚い夢のような世の中にあって、私は驚きもせず、夜がくればぐっすりと眠っている。これでも私は人間といえるのだろうか。

大岡はこう語ったあとさらに、いう。

「現象の世界に生きて息をしている彼女自身を、もう一人の、いわば本質的な世界に住んでいる別の彼女自身がじっと見つめていて、あの平然と夜になれば眠っている女は、一体人間なのか、と問うているのです」と。

そして最後に、こう述べる。「十一世紀初頭のころ、このような思索的な恋愛詩を作っていた女性詩人が、全世界の詩史の中ではたしてほかにどれくらいいたか、考えてみると興味深い事だと思います」

ぼくは、またも鼻に直撃弾を受けた気分になって、声なき叫びをあげた。大岡は謙虚に「ほかにどれくらいいたか、考えてみると興味深い」と語っているが、本音でいえば、いるはずはないのである。

ところが、「ハムレット親父」はここでもしゃしゃり出て叫ぶのである。

「女性詩人ではないけれど、四百年前にいましたよ！　ハムレットが！」

和泉式部の、「我は人かは」とは、世の中は儚い、と十分に承知していながら、夜になればスヤスヤ眠っていられる私は、それでも人間なの？　われらがハムレットが自問している、「What is a man」「人間て何だ？」そのものではないか。

文学には何のエンもない、浅学非才のぼくの断言に、多くの人びとは失笑するに違いなかろう。戦後間もなく、中学生のとき学芸会でハムレットを演じただけの、ちっぽけな歴史を振りかざして、家庭内でも「ハムレット親父」とアダ名されているヤツが、こともあろうに、平安の大歌人、和泉式部にまで『ハムレット』を押しつけてきた、と。

ハムレット親父は凛として反論する。「我は人かは」と「人間て何だ」は少なくとも似ているだろう。洋の東西、空漠たる時空を超えて、どこか響き合うところがあるだろう。

じつは、この『日本の詩歌』初版本を三十年近く前に手にしたとき、当然ながら大岡の解説を読んだはずである。

しかし、そのときは和泉式部の「我は人かは」と、ぼくが胸底にひそめていたはずであるハムレットの「人間とは何だ」は、響き合わなかったようである。

なぜだろうか？　東と西に遠く離れ、しかも六百年もの時空の隔たりがあるのに、それをものともせずに、二つの言葉が響き合うためには、新しい書物と新しい表現の出現を待たなければならなかったのだ。

第三場　響映の輝き

「コロナ禍」によって世界も日本も萎縮していた、まさにその渦中に、何十年来の畏友である小柳学の主宰する気鋭の出版社「左右社」から、放送大学の島内裕子教授の著作、『響映する日本文学史』という凄い書物が届いた。

ああ、いまは亡き詩人、長田弘から贈られた詩集『世界は一冊の本』がいうように、まさに、世界は一冊の書物、なのである。

新しい書物と言葉の誕生が、次の書物と言葉の誕生をうながしてゆくのである。それこそが、人類の文明の歴史なのである。歴史は言葉によって記憶され、言葉は書物によって伝えられてゆく。

第二幕第二場のハムレットのセリフの「言葉、言葉、言葉」は、「書物、書物、書物」といい換えてもいいのである。

ただし、酔眼耄碌翁の場合には、こんなに大げさに表現しなくてもいい。ごくあっさりと、浅学非才のハムレット親父が、またまた新しい本に教えられた、といえばそれでよしだ。

さて、『響映する日本文学史』の「響映」とは見知らぬ言葉だ。島内教授は「ある時、ふと、心に浮かんだ言葉だった。意味は、読んで字の如く、『響き合い、映じ合う』ことである」と説明してくれる。

なるほど面白い、と思いながら、小説『五重塔』などで知られ、文化勲章の第一回受賞者だった幸田露伴の文章にあった「映発」という言葉を連想したのである。確か、紅葉の山々とそれを映す湖について述べたところだったか。「映発」とは、光や色などが互いに映りあうこと、詩歌や文章が互いにひきたてあうことをいう。

しかし「響映」は、映りあい、ひきたてあうだけではなく、響きあって、さらに新しい文章・作品を生み出すというところまで踏みこんでいる。

そして島内教授は、数多くの古典文学を引用して「響映」の実際を示してくれる。古典どうしの実例を挙げるより、古典と現代文学の「響映」の実例の方がぼくにはわかりやすかったので、それを挙げてみよう。

たとえば、和泉式部の『和泉式部日記』と現代の作家、堀辰雄の小説『聖家族』である。堀の小説は、「死があたかも一つの季節を開いたかのようだった」という印象的なひとことではじまる。和泉式部の日記の冒頭は、「夢よりもはかなき世の中を、嘆きわびつつ明かし暮らすほどに……」である。

愛する為尊親王の死のあと、その弟の敦道親王と愛し合うようになる。そのはじまりを述べた日記の冒頭は、まさに「死があたかも一つの季節を開いたかのようだった」と同じようなことをいっているのである。

和泉式部と堀辰雄の文章は、九百年の時空を超えて「響映」しているのだ。

読者の心の中で、遠く離れた二つの文章が「響映」することもあるし、「響映」によってまた新しい表現が生まれることもある。

松尾芭蕉（一六四四〜一六九四）の精神である「風雅」は平安の王朝時代の「みやび」と中世

の「無常」を「響映」させたもの、と島内教授はいう。

そこで、ハムレット親父はすかさず喚くのである。悲劇『ハムレット』のハムレット自身の最後のセリフ、坪内逍遙訳による「餘は空寂」も、芭蕉の「侘び・寂び」とみごとに「響映」しているぞ！

ハムレットは「The rest is silence」、「あとは沈黙」とつぶやいて永遠の沈黙に沈みこんだ。その沈黙とは言葉であり無常であるという、多彩な沈黙なのである。

さらに、カナダの生んだ天才ピアニスト、グレン・グールドは、夏目漱石の小説『草枕』に「響映」しているのだ。だってグールドは、英訳されたそれを座右の書にしているのだから。

漱石の『草枕』は『三角の世界』という英文の題で英訳されている。『草枕』第三章の、「して見ると四角の世界から常識と名のつく、一角を磨滅して、三角のうちに住むのを芸術家と呼んでもよかろう」と述べているくだりから『三角の世界』という題名を引き出したのである。

ある大学教授から、『草枕』の英訳書である『三角の世界』が郵送されてきたとき、グールドは「これはすばらしい本です」と礼状を送った。グールドはこれを愛読して、一九八一年にはカナダ放送協会のラジオ番組『ブックタイム』のために『草枕』を紹介し、第一章の朗読を録音している。

漱石とグールドの出会いについて記した優れた作品である、横田庄一郎『「草枕」変奏曲　夏目漱石とグレン・グールド』によれば、グールドはこう語っているのである。

> 『草枕』は様々な要素を含んでいますが、特に思索と行動、無関心と義理、西洋と東洋の価値観の対立、モダニズムのはらむ危険を扱っています。これは二十世紀の小説の最高傑作のひとつだと、私は思います。

このくだりを書いているぼくのイヤホンでは、グールドのモーツァルトが鳴りつづけている。それが酔眼耄碌翁の昨今の習慣なのである。僭越ながらぼくもグールドと「響映」

しているのである。

さあ！　こうなれば、和泉式部とシェイクスピアの『ハムレット』はみごとに「響映」しているといっていいはずである。

和泉式部は一〇三六年ごろ亡くなった人であり、『ハムレット』は一六〇〇年初めごろの作品だから、時間の差は六百年もある。

それだけの時空を超え、地球の西の果てと東の果てという巨大な空間を超えて、二人はほとんど同じ内容の厳しい自責の問いを発したのである。

　　はかなしとまさしく見つる夢の夜を
　　驚かで寝る我は人かは

ハムレット自身のセリフ、「What is a man」、「人間とは何だ」を、和泉式部の「我は人かは」と入れ替えてもいいのだ。

しかも和泉式部のこの歌は二十一世紀を生きる人類にとっても、まことに厳しい問いとなっているのだ。人類を何度も破滅させることができるだけの核兵器が、地球にあふれているのだ。それなのに、驚かないで毎晩スヤスヤ眠っているわれわれは人間なのか！ハムレットの「人間とは何だ」というセリフは「第七独白」の、「食って寝るだけに生涯のほとんどを費やすとしたら」というくだりにつづいて出てくる。

タカフミ少年と日向ぼっこの猫との対話も、じつは両者とも自分のことを、「食って寝るだけ」の存在と自覚しながら交わしていたのである！

ところで、「人間とは何だ」という自問に答えはあるのだろうか？

酔眼耄碌翁はいいよどむのである。そして思う。中学校の学芸会の『ハムレット』で「人間とは何だ」という問いを発した昭和二十三（一九四八）年秋をすべて、別所沼に茫々とけぶる「横しぐれ」のなかに置くことにして、問いから逃げようか、と。

しょせんは、日向ぼっこの猫といっしょに考えた自問のセリフだもの、まあ仕方がないとしようか。

和泉式部とハムレットのそれぞれの言葉を足して二で割ってみよう。人間とは、食って寝るだけだし、人生はかないと知っていてもスヤスヤ眠っていられる、そういう存在なのである。

これをもって「響映」というには寂しすぎる。そこで思い起こすのは、『古今和歌集』の撰者、紀貫之（八六八頃〜九四五頃）の記した「仮名序」である。

タカフミ少年たちが遊んだ昭和二十三、四年ごろの別所沼を想像してみよう。春にはうぐいすが鳴き、夏にはカエルの鳴き声がしきりだった。そこで紀貫之いわくだ。

花になくうぐひす、みづにすむかはずのこゑをきけば、いきとしいけるもの、いづれかうたをよまざりける。ちからをもいれずして、あめつちをうごかし、めに見えぬ鬼神をも、あはれとおもはせ、男女のなかをもやはらげ、たけきものゝふのこゝろをもなぐさむるはうたなり。

優れた文学者、学者の創造した書物から書物へと旅をつづけてきて、しかも「耄碌」を逃げ口上にしながら、恣意的な我田引水を積み重ねてここに至った。

酔眼耄碌翁は、紀貫之の古今和歌集の「仮名序」を自由に解釈していうのだ。

生きとし生けるもの、自然の営みに触れ、優れた表現に出会えば、だれだって心をうたれ、感動し「響映」する。それが人間というものである。

これこそが、「我は人かは」や「人間とは何だ？」という問いに対する答えである。日向ぼっこの猫には申し訳ないけれど、心揺さぶられ「響映」することができるのは人間のみである。

人間らしく生きるとは、そのように生きることである。

コロナ禍が晴れたら、日向ぼっこの猫を探し出して、いささか恐縮しながら、そう告げてやるつもりである。

いや、その前に、わが家に暮らして、酔眼耄碌翁のふとんの上で寝てばかりいる、その名を「コラ」という猫に、しっかりいい聞かしてやろう。

多分、大アクビで応えるばかりだろうが。

そこで酔眼耄碌翁は、声を励ましてこういうのである。徳川家康と石田三成が関が原で雌雄を決するころ、ロンドンはペストの大流行に襲われていた。

シェイクスピアは六回もペストの流行のなかに生きながら、名作を世に送り出したのである（川上重人『ペスト時代を生きたシェイクスピア　その作品が現代に問うもの』）。

さて、コロナ禍のなかでわたしたちは何を生み出すことができるのだろうか？　わが愛猫コラといっしょに大アクビをしているわけにはゆかないのである。

空腹のハムレット（完）

作後贅言

「贅言」とは、むだな言葉という意味だ。わが敬愛する明治・大正・昭和の作家、文化勲章受章の永井荷風が、小説『濹東綺譚』の「あとがき」にこの言葉をあてて「作後贅言」としているのを拝借したのである。

じつはここでお断りしておかなければならないことがある。本文で筆者は「酔眼耄碌翁」と戯れに自称して、しばしばペンネームのように用いてきた。

ところが、本文をほぼ書き終えるころ「耄碌翁」というよりむしろ「妄想翁」といった方がふさわしいように感じ、「改名」して名刺も新しくしたのである。理由はいわずもがな。文字通り「妄想」ばかりを語ってきたからである。

さて、荷風が死去した昭和三十四（一九五九）年にぼくは朝日新聞記者となり盛岡支局に赴任した。だから荷風に強いエニシを感じている。亡父の書斎に岩波書店の最初の『荷風全集』が並んでいたせいで、永井荷風という名前になじんでいたせいでもある。『濹東綺譚』は昭和十二（一九三七）年、朝日新聞夕刊の連載でもあった。

日中戦争はいよいよ激化し、軍国主義体制の締めつけが強まるなかで、東京・墨田区の北部にあった「玉の井」という名前の私娼街を舞台に、「非合法」売春婦（昭和三十二年の売春防止法までは公認の「合法」売春婦が全国に存在していた）が主人公の一人である小説が新聞に登場できたのは、「奇跡」のようなできごとだった。

個人的なことでもうひとつ重要なのは、ぼくが生まれた昭和十一（一九三六）年に、イギリスのジャーナリスト、作家、評論家として名高いギルバート・チェスタトンが死去していることだ。日本の読者になじみが深いのは「ブラウン神父」を主人公にした探偵小説だろう。

平成十三（二〇〇一）年四月十五日付毎日新聞朝刊の「今週の本棚」に、この書評欄の顧問であった丸谷才一さんのご指名で「チェスタトン」について書かせていただいたのが光栄な思い出である。逆説と諧謔の作家であるチェスタトンは、コラムニストとしてのぼくのいわば「師」であった。

永井荷風のジャーナリスティックな精神もまたわが「師」である。荷風は三十八歳から死の直前まで四十二年間にわたって日記を書きつづけた。『断腸亭日乗』と名付けたそれは、わが座右の書であり、岩波文庫の『摘録　断腸亭日乗』（上下、磯田光一編）は外出のときも常にバッグのなかにある。

徹底した個人主義と、命がけで記しつづけた反・軍国主義、時代を見通す鋭いジャーナリスティックな目！　菅野昭正『永井荷風巡歴』は、明治・大正・昭和を批判的に生きてきた直覚、直観は最悪の矛盾を衝き、笑うべき不合理をあばきだしていた、と高く評価している。

たとえば昭和十一（一九三六）年二月十四日付の日記はこうである。

　日本現代の禍根は政党の腐敗と軍人の過激思想と国民の自覚なき事の三事なり。政党の腐敗も軍人の暴行もこれを要するに一般国民の自覚に乏しきに起因するなり。

この十二日後が、「軍部独裁」を決定づける「二・二六事件」である。

少年時代の学芸会で「ハムレット」を演じたおかげで、その言葉の豊かさに圧倒され、「言葉、言葉、言葉」というセリフなどに刺激を受けて、画家志望から新聞記者へとカジを切り、ジャーナリストとして、時代を見る目と、逆説と諧謔の文体を渇望するようになった。

語彙の数はシェイクスピア劇のうちで最も多く、しかも『ハムレット』以前には作者の用いていなかった語が六百以上も現れる（上野美子『シェイクスピアの織物』）のである。

もちろん浅学非才は承知の上である。プロレタリア文学の小説家、詩人の中野重治の「東京帝国大学生」という題の詩は「東大生」を激しくからかっている内容だが、その末尾は「ふつとぼおるばかり蹴つてゐるのもゐる」だ。

ぼくはワセダだが、蹴球部でボオルばかり蹴っていた。新聞記者を経験してきただけの文学オンチが、何と『ハムレット』について書いてしまった。しかも、「ハムレット」自身が自分に突きつけたセリフ、「人間て何だ」を、千年も昔の歌人、和泉式部の「我は人かは」に結びつける暴挙をおかした。

島内裕子著『響映する日本文学史』の「響映」という言葉を勝手に拝借しての、まさに妄想である。

和泉式部の「はかなしとまさしく見つる夢の夜を驚かで寝る我は人かは」については、日本を代表する歌人、馬場あき子をはじめ多くの人びとが解説しているが、そのなかで失礼ながらいささか異色なのは、ロシアの詩、古代ギリシアの叙情詩などからフランス現代詩にいたる碩学、沓掛良彦の著書『和泉式部幻想』である。

和泉式部という歌人は、「世界最大の恋愛詩人の一人」とした上で、愛する人が自らの死をもって、人間の存在のはかなさ、もろさを教えてくれたのに、つい熟睡をむさぼってしまう自分自身を、激しい語気で責めている歌だと解したいという。

『和泉式部幻想』は平成二十一（二〇〇九）年刊行だが、令和二（二〇二〇）年には『オル

フェウス変幻　ヨーロッパ文学にみる変容と変遷』という、驚くべき大作を世に問うている。

ヨーロッパ詩人の原像を追った、世界でも類例のない快挙なのである。

「オルフェウス」とはギリシア神話に登場する英雄であり詩人・音楽家。堅琴の名手で野獣も山川草木も聞きほれた。蛇に咬まれて死んだ妻を冥界に迎えに行ったが、地上に連れ帰る途中に後ろを振り向いたために失敗した。

沓掛良彦は、オリュンポスの神々崇拝が支配になったギリシアでは姿を消した、神・精霊・死者の霊と交渉して予言などを行うシャーマンとしての性格をも帯びた詩人、と解説している。このくだりを目にした瞬間、「妄想翁」の妄想は、男性の「オルフェウス」から女性のわが和泉式部に翔んだのである。シャーマンを巫女と置きかえれば、和泉式部こそは、シャーマン的であり巫女ではないか。

『和泉式部幻想』と『オルフェウス変幻』、そして和泉式部とオルフェウスはそれぞれに「響映」し合っているのである。

馬場あき子のようなステキな歌人や学者が、それぞれに展開する和泉式部論の多彩さを楽しみながら、ぼくの想いは大岡信の解釈にあった「平然と夜になれば眠っている女は、一体人間なのか」と自問する言葉にもどって行く。

そこで「酔眼妄想翁」は妄想を総動員し、「一体人間なのか」という表現を、「人間とは何なんだ」というハムレットの独白に「響映」させてしまうのである。

『和泉式部幻想』の沓掛良彦は、「老耄書客枯骨閑人」と自称して、和泉式部を世界文学の視点から読み解いた。

だったら、沓掛良彦より年長で往年の「サッカー少年」が老いたいま、「To be to be ten made to be」の精神で酔眼妄想翁と称して、和泉式部を『ハムレット』に「響映」させるのも許してもらえるかもしれない。「天まで翔べ！」なのだ。

いま机の横の書架には、奈良・興福寺の国宝・阿修羅の写真が貼ってあり、あのちょっと皮肉そうな目がぼくを見つめている。こうした仏像や神像のルーツをたどれば、はるか時空を超えて古代のギリシャやペルシャにつながるはずである。

「オルフェウス」を、わが「響映」仲間に加えたっていいじゃないかと、酔眼妄想翁は、阿修羅の目に語りかけている。

ところで、「妄想」だけれど、手近に「広辞苑」などを引くと、てんでいけないことのように解説されている。仏教用語では、正しくない想念であり、心理学的には病的で根拠のない想像や信念であるという。

しかし「妄想」ついでに、バチが当たるのも覚悟の上で断言するなら、そもそも「神」も「仏」も、古代人の妄想にはじまったのではないかしら。

いま人類は空を飛ぶことができる。しかし「空を飛ぶ」なんていうことは、もう大昔のころから妄想されていたことではないか。古人の妄想を、科学があと追いしてきた。もちろん病的な妄想は困るけれど、想像より妄想の方が、自由で多彩で豊かな感じがすると自画自賛したいのである。

多くの書物に助けられながら書き進めてきたけれど、ここに至ってまた「援軍」来たれりである。

木村朗子・津田塾大学教授の著書、『妄想古典教室　欲望で読み解く日本美術』の「はじめに」はいう。

> 考えてみれば、空を飛ぶ技術などは、順番としてまず鳥のように空を飛んでみたいという願望が先にあって、のちに技術が追いついていったはずなのだ。なによりも先に、大それたことを思い描く妄想力がなければ、こんなふうに文明も科学も発達はしなかっただろう（中略）古代中世の人々は人間が空を飛ぶことを疑いもなく確信的に描いてきた。

「妄想」の果たしてきた文化・文明の歴史の大切さ、面白さ、愉快さを縦横に語る著者の精神の躍動は、まさに「Ten made to be」である。ハムレットの独白のように多彩である。

スティーヴン・グリーンブラットの著書『シェイクスピアの驚異の成功物語』（河合祥一郎訳）は、序章で、「シェイクスピアが自らの人生を芸術に変化させるためにどのように想像力を用いたのかを理解するためには、私たち自身も想像力を用いなければならないのである」と語っている。

まさに、その通りだろうなあ、と同意しながらも酔眼妄想翁としては、申し訳ないけれど、妄想の方が「誤解」もふくめて幅が広くて楽しそうだなあ、などとモウソウするのである。

さて、ここで再びタカフミ少年たちの『ハムレット』にもどるならば、少年たちの想いが及ばないことのひとつはハムレットの母親ガアツルードについてであった。

長ずるに従って読んでいった多くの『ハムレット』解説書によれば、母親と、父王を殺害した叔父とは不倫関係にあったとか、殺害は共謀であったなどの説もあることを知ってゆく。と同時に、いわゆる「フェミニズム」の視点から論じる書物の意外に少ないことにも気がつく。

そんなかで、アメリカの学者、キャロリン・G・ハイルブランの『ハムレットの母親』（大社淑子訳）は興味深かった。たとえば、このくだりだ。

ハムレットの母親は、父王の妃であったけれど、父王を殺害して王位についた叔父クローディアスの妃になった。

クローディアスが王妃に、侍従長のポローニアスはハムレットの憂鬱の原因が何かわかっているらしい、と語ると、王妃は答える。

原因といっても、父親の死と、わたしたちの早すぎた結婚のほかには考えられません。

（第二幕第二場）

この陳述は簡潔で、ぴたりと的を射ており、少なからず勇気のいるものだ、愚鈍で怠惰な女性のことばではない、という。

といった具合に、「フェミニズム」の視点に立てば「ハムレットの母親」という主題で堂々の一冊が書けるのである。

ハムレットの母親について考えたならば、その母親を王妃にした叔父、すなわち現王のクローディアスにも連想は及ぶ。じつは、この男についてはハムレットの父王を殺害した悪者であると、少年時代のぼくは思いこんできたけれど、長ずるにしたがって、この人物はなかなかのものではないのかしら、と感じるようになってきた。

たとえば第三幕第三場の「祈り」の場面である。王は独り跪いて、「ああ、この身の罪は悪臭を放って天にも届く」と、自らを責める。

その背後にハムレットがしのび寄って剣を振りかざすが、祈っているときに殺したのでは復讐したことにならない、と考えて立ち去る。そのあと王は、こうつぶやく。

わが言葉は天に届かず、わが思いは地に重く沈む。

前衛的な演出家として名高いイギリスのピーター・ブルックは『ピーター・ブルック回想録』（河合祥一郎訳）で、『ハムレット』の公演をしたときに、心に深く響いたセリフは、この国王の祈りだった、と語っている。

また『ハムレット』翻訳の英文学者、野島秀勝は、この王のセリフの「注」で、この言葉を聞いたとしたら、ハムレットはクローディアスを殺しただろうか?と疑問符を投げかけている。

ハムレットの仇である現王の言葉なのに、それほど重いのである。ぼくにしても、少年時代と翁になってからの読みは、理解の度合いが大きく変化する。

『ハムレット』という作品は、多くの人々が「存在か無か」と論じているけれど、「存在であり同時に無であるものとして特徴づけられる」のである（ロナルド・ノウルズ編『シェイクスピアとカーニヴァル　バフチン以後』、岩崎宗治・加藤洋介・小西章典訳）。

空腹の少年時代に日向ぼっこの猫との対話にはじまり、コロナ禍の「緊急事態宣言」下の新宿・歌舞伎町でスッテンコロリンと転んだのに幕開いた『空腹のハムレット』の旅は『ハムレット』について書かれた書物から書物へ、言葉から言葉へ、際限もなくつづくだろう。

荷風は、親しかった人びとが、相次いで逝ってしまったと嘆いたあと、わたくしもまた彼の人々と同じように、その後を追うべき時の既に甚しくおそくない事を知っている、と記して「作後贅言」の幕を閉じている。

荷風ときに五十八歳。その死は八十歳である。

ぼくの場合は、多くを教えてくださった人々が相次いで逝ってしまった。日本の文化文明史にとって忘れることのできない人びとであった。

そして、五十七年前、若いサツ回り記者時代に、記者としての進路について「To be, or not to be」的煩悶をかかえながら、連夜飲んでいた有楽町最古の居酒屋・鳥藤、通称「ミルクワンタン」が、コロナ禍の二〇二一年四月二十三日に、七十二年の幕を閉じるのにも立ち会った。

敗戦直後、ただのワンタンでは栄養が十分でないと考えた創業者が、汁に牛乳を加えることを工夫したのである。

最後のおかみさんである八十六歳の藤波須磨子さんが調理してくれた「最後のミルクワ

ンタン」を、「空腹のハムレット」の成れの果てである酔眼妄想翁は「空寂」の心境ですすったのだった。

写真・図版出典一覧

・一、六四、二四五、二四八頁　著者提供　＊一頁の写真は小学一年生の入学式での著者
・二六、三三、三五、四三頁　埼玉県立文書館提供
・五四、五五頁　朝日新聞社提供
・六一頁　東京書籍株式会社附設教科書図書館 東書文庫提供
・六九、一六一頁『ハムレット』（シェークスピヤ著、坪内逍遥訳、一九八九年、名著普及会刊、一九〇九年早稲田大学出版部刊の復刻版）
・一〇三、一六九、一七九頁『ハムレット』（シェークスピヤ著、坪内逍遥訳、一九〇九年、早稲田大学出版部刊）
・一〇八頁『秘録 大東亜戦史　東京裁判篇』（田村吉雄編、一九五三年、富士書苑刊）
・一二九頁　映画『ハムレット』ポスター（一九四八年製作、一九四九年日本公開、ニッポンシネマコーポレーション配給）

朝日新聞入社直後の著者

轡田隆史

くつわだ・たかふみ

一九三六年三月、東京に生まれ、太平洋戦争中、埼玉県に移って今日にいたる。早稲田大学政治経済学部経済学科卒。中学・高校・大学を通じてサッカーに熱中する。五九年、朝日新聞社入社。盛岡、甲府支局を経て東京本社。社会部記者、デスク、編集委員。八九年から八年間、論説委員として夕刊一面のコラム「素粒子」を執筆し森羅万象を評す。この間、欧米、中東、中国、韓国、東南アジア各国、ソ連、南極などに特派。記者活動のほかにテレビ、ラジオにも招かれた。八〇年からテレビ朝日系列の報道番組「ビッグニュースショーいま世界は」のキャスターを務め、ベトナム枯れ葉作戦による除草剤の後遺症ともいわれる二重体児などを現地取材し報告。九八年から「ニュースステーション」（キャスター・久米宏）に出演、「夜の桜旅」案内人として歴史や由緒のある古い桜を選び生中継、のち番組コメンテーター。二〇〇〇年からＮＨＫＦＭ放送「日曜喫茶室」（はかま満緒店主）に「常連客」で出演。〇一年から「スーパーＪチャンネル」（キャスター・小宮悦子）のコメンテーター。著書に『ベトナム枯れ葉作戦の傷痕』（すずさわ書店、のち朝日文庫）、『現代世界の構図を読む』（高文研）、『さくらは花見のできない人のために咲く』（ベストセラーズ）、『旅のヒント』（新書館）、『「考える力」をつける本』三部作（三笠書房）、『小論文に強くなる』（岩波ジュニア新書）、『元気が湧く50の話』（日本経済新聞出版）ほか多数。日本記者クラブ、日本ペンクラブ、日本エッセイスト・クラブ、日本山岳会会員。

空腹のハムレット

85歳、人生劇場

二〇二一年十二月二十四日　初版第一刷発行

著者　轡田隆史
発行者　小柳学
発行　株式会社左右社
東京都渋谷区千駄ヶ谷三-五五-一二ヴィラパルテノンB1
TEL 〇三-五七八六-六〇三〇　FAX 〇三-五七八六-六〇三二
http://www.sayusha.com

表紙イラスト　轡田千重
装幀　松田行正＋杉本聖士
印刷所　創栄図書印刷株式会社

ISBN978-4-86528-065-4

執筆中に対話相手となってくれた愛猫コラ